EVIL SOUL X

少年魔人傳說

邪貓靈/文 Lyoko/圖

3 與魔女有約

人物介紹

元澍

平凡的十八歲少年，從郊區來到大都市就讀大學，為M大藥劑系一年級新生。個性爽朗卻也孩子氣、衝動，很容易被人激怒，是個路痴；身手了得，很喜歡打架，以彈弓為防身武器。原以為自己只是普通的孤兒，卻不料自己的身世竟與「魔人」扯上關係。

顧宇憂

M大醫學系三年級學生，是已逝偵探元漳的助理，專門協助警方祕密處理關於魔人的委託。他聰明冷靜，卻沉默寡言，不擅長表達內心的情感，但其實是個很會照顧人的鄰家大哥哥，擅長做料理。個性冷漠的他與一連串怪異的行徑，讓元澍心裡有種毛骨悚然的感覺。

魔女

一連串凶殺案的神秘女凶手，身手了得，擁有風一般速度的魔人，特殊技能是操控人類的心智。她個子嬌小玲瓏，野心卻龐大無限；隨身攜帶一柄以鑽石與純銀打造的匕首，也是能置魔人於死地的最佳武器。總愛逗弄元澍，與元澍有一段再也無法回復的「情誼」……

元漳

開設一間偵探社，專門協助警方處理魔人的委託案件，後來自殺身亡。但死因成謎，僅留下意味不明的遺書與偵探社給素未謀面的兒子元澍。

嚴克奇

警方重案組負責人。從祖父那一代開始就與元漳聯手管制城裡魔人的問題，除此之外，也經常要求好友顧宇憂幫忙查案。性格有點高傲臭屁，不過跟他混熟的人都知道他是個關心市民的好警察。

維爾森

身兼M大學教授的法醫。他風趣幽默，很喜歡講廢話；外表是個溫文儒雅、充滿書卷味的大帥哥，實際上有戀弟情結，很保護顧宇憂和元澍。其真實身分似乎與元澍的母親有關係？

阿闕

伍邵凱的哥哥，個性冷漠陰沉、難以親近。因調查弟弟的死因而出現，殊不知其真實身分是……

柯莉

元澍的親生母親。不知為何與元漳離婚，而後收養一對兒女，移居國外，多年來毫無音訊。

CONTENTS

·第一章·

暴風雨後的平靜

一會兒柯莉，一會兒又提到維爾森的母親，
怎麼感覺他們好像在說同一個人啊？

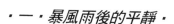

．一．暴風雨後的平靜．

『尋找元漳日記簿。』

手裡捏著一張白色Ａ４紙張，上面只寫了這麼一行字。不，那字體不是以鉛筆或鋼筆寫上去的，而是整齊美觀的電腦打字——黑色的細明體，十六號字。

這麼大的一張紙就只寫了那麼幾個字，說明這人一點也不環保、不愛惜樹木。哼哼，若被孤兒院院長發現我們浪費紙張，後果會很慘，被罰到院子裡澆花澆樹就算了，還要挨板子，痛死了……好像扯遠了，咳咳！

這張紙皺巴巴的，像被人揉成一團丟棄過。另外，元漳不就是我爸的名字嗎？爸有寫日記的習慣嗎？

更重要的是，這張紙是誰的？誰要找他的日記？還有，這裡是哪裡？

把視線從紙張上移開，我發現自己蹲在一張書桌前、面對著桌子的抽屜。桌子的左邊有個暗灰色的垃圾桶。

別告訴我，這紙是從垃圾桶裡面撿起來的吧？是誰把它丟棄？而我為何又會撿起它？

站起身，看到書桌上攤著另外兩張紙，大小只有我手上這張的一半。那是一種淡藍色的特製紙張，是一般紙張的三倍厚，即使有錢也沒辦法在市面上買到。

『懷疑有血祭事件，地址：ＸＸ市ＸＸ巷，門牌ＸＸ號。』

『懷疑有魔人滋事，地點：XX市XX巷，特徵：XXXXX。』

咦？這不就是偵探社的委託信嗎？顧宇憂給我看過幾次，我記得很清楚，上面那些有點潦草的字跡是出自嚴克奇的手筆。

當警察的比較擅長拿槍，拿筆可不太行。再說，在這資訊科技發達的E時代，鮮少有人會拿筆寫字，用電腦代勞不就行了嗎？笨蛋……呃，好像又離題了，咳！

那麼我手上這張……也是委託信嗎？誰是它的主人？

嚴克奇絕對不會發這種沒有水準的委託信，拜託用貴一點的紙張，才能突顯委託的莊嚴性好不好！

「……哈啾！」

這房間幹嘛這麼冷？抬頭打量四周的擺設，赫然發現這裡是陌生的房間，牆上靠近天花板的地方有臺馬力不小的冷氣機，靠床的位置還有兩臺電風扇。我不禁懷疑，這房間是人住的嗎？晚上睡覺時會變冰棒吧？

此外，這房間主要以黑色和灰色打造。黑色的床架、床單、書桌和電腦，灰色的窗簾、牆壁、衣櫃和地毯。書桌後面有個很大的書櫃，裡面整齊的擺放了大量的書籍，幾乎快把整個書櫃擠爆了。

・一・暴風雨後的平靜・

感覺這房間似曾相識，好像在哪裡見過呢？

「喔喔喔——喔喔喔——」難聽的雞啼聲，凍結了我的思緒。

我腦袋一片空白，眼前的視線也出現了無數裂痕，像被打散的拼圖般散落一地……

「唔……」再度睜開眼睛時，我目光直接對上了一張凌亂不堪、書本堆得像棟摩天大樓那樣高的書桌。只要輕輕一碰，那些書本大概就會像坍塌的大樓般散落一地。

書桌上方的牆壁還貼了幾張性感美女海報，有穿泳裝的、性感睡衣的、內衣的……只差沒裸體美女，拜託我可不想被隔壁房的紅眸少年秒殺。

……呃，這是我的房間啦。身下躺的無疑是我平時睡的單人床，原來我又做了個奇怪的夢。

我對於「奇怪」的定義，在於那些夢都跟我有著切身的關係。比如剛剛那個是跟我死去的老爸有關的，之前我還夢見自己被黑道的流氓追殺，然後我跟顧宇憂同時中槍；連顧宇憂刪除那些死人的記憶我也夢見過……就是沒夢見美女跟我約會、搭訕或做色色的事……

啊啊啊，我在想什麼啊！紅著臉抱著被單滾了好幾圈，我才揉了揉眼睛坐起身來。

不經意的把目光瞥向那張慘不忍睹的書桌，我瞧見了前陣子被我擱在左上角的紙張——同樣是白色的A4紙張，上面是一行電腦字體，細明體。

『已經沒有任何眷戀了，再見了世界。』

這是警方在我爸自殺的現場，也就是爸洋房的主臥室裡找到的遺書。

現代人都懶得寫字，自殺的人是這樣，就連夢裡那個要找我爸日記的人也一樣，這是什麼世界啊！

看見這封遺書，我就忍不住想要說老爸兩句。要愛惜紙張啊，別給下一代留下不良教育，沒聽過上梁不正下梁歪這句話吼？

嘀咕完，我踢開被單伸了個懶腰，再打了個大大的哈欠，窗外的天空已經開始露出了魚肚白。我今天醒得有點早，才清晨六點多。要怪就怪那隻擁有一把破嗓門的公雞啦，鬼叫個什麼……哼哼，肚子餓時就把你捉來ＢＢＱ！

我記得自己好像早上十點才有課。

像個軟綿綿的布偶般倒回床上，閉上眼睛，我打算繼續睡到九點再起床，但左邊的房間不時傳來低沉的談話聲。

左邊的……不就是顧宇憂的房間嗎？

老實說，直到現在我還不曾進去過他的房間，但我相信一定不能跟我這亂糟糟的狗窩相提並論，說不定那傢伙的房間，跟他一絲不苟的性格一樣整潔有序。

‧一‧暴風雨後的平靜‧

話說那傢伙又跟維爾森在房裡幹什麼?他們好像不怎麼睡覺似的，每天七早八早爬起身忙這忙那。現在才幾點啊?要聊天也看一下時間好不好?這裡的隔音本來就不太好，雖然他們說話時已刻意壓低聲量，卻依舊傳來嘁嘁喳喳細碎說話的聲音。

真搞不懂他們哪來的這麼多悄悄話啊?又不是情人，嘖，真是耐人尋味的關係。

「……還沒打聽到柯莉的下落嗎?」顧宇憂渾厚的嗓音從牆的另一邊傳過來。

咦?柯莉?這不就是我媽的名字嗎?

我正打算拿起枕頭摀住耳朵繼續蒙頭大睡的手瞬間僵住了。

我記得顧宇憂答應過我，會幫忙打聽我媽的下落，沒想到他從沒忘記過這件事。呃，像他這種頭腦聰明、思路清晰、記憶力一等一好的優秀生，會忘記事情的機率等於零吧?

急於探聽老媽消息的我，幾乎是第一時間衝到了那面隔開我與顧宇憂房間的牆壁前，把整隻耳朵貼在牆面上偷聽。

其實我可以光明正大走進他房間加入他們的談話啦，但人類就是犯賤的生物，覺得偷聽比較刺激。呵，人生中少了充滿刺激的青春，就不算青春過了!

「阿宇，你確定要把母親找出來嗎?她不一定會站在我們這邊，說不定還會反對我們的做法。」某教授嘆了一口氣。

「沒能跟自己父親見上一面的事，元澍一直耿耿於懷，也深深的感到遺憾和內疚，現在他只不過想確保自己母親過得好不好，這要求並不過分。」言語中夾帶著少許的愧疚。

「所以你才會想也不想就答應幫他打聽母親的下落吧？你這小子，什麼時候變得這麼有人情味了？嘖，是不是覺得有弟弟的感覺很不錯咧？吶，我也是你哥哥咧，卻沒聽你喊我一聲哥。」

「少扯開話題了。」

我好像聽見枕頭砸在某人身上的聲響，然後維爾森「咯咯咯」的笑了起來。我額上不由得劃下了三條黑線，他們到底在房裡搞什麼？我很難想像貓男的房裡出現兩個大男生互砸枕頭，然後羽毛滿天飛的那種很浪漫、很唯美的畫面……

還有，什麼哥哥弟弟的，他們在玩認親遊戲嗎？還是說夢話？

笑夠之後，維爾森才清了清喉嚨說：「自從離開這裡到美國之後，母親那邊我已完全跟她斷絕來往了。這些年來，我不清楚她跟我妹過得怎樣、住在哪。為了幫你打聽消息，我到過她們以前住的地方，連她們有可能會去的地方都找過了，可是她們就像人間蒸發一樣，下落不明。」

還有妹妹？搞啥啊……

「不確定還在不在A市，我也用盡了一切管道，始終無法找到柯莉的下落。若你那邊也沒辦法打聽到，看來只好拜託嚴克奇了，警方那邊調查起來怎麼說也比較方便。」

「那就讓嚴克奇出面吧，說真的，我……實在不想見到母親。」教授的聲音聽起來似乎有點失落，「那只會令我回想起那些我一直努力想要忘記的過去。」

「我明白，你小時候被她那樣對待……不過，也許她已經後悔，一直在等著跟你重逢。」

「喂，我們好像離題了。安啦，別擔心我，現在我可不是當初那個任人擺布的無知小孩喔。」維爾森打起精神笑著說。

一會兒柯莉，一會兒又提到維爾森的母親，怎麼感覺他們好像在說同一個人啊？是我的錯覺嗎？維爾森似乎在喊柯莉為母親耶。

吼～該不會是剛起床，腦袋還跟漿糊一樣糊、思路不甚清晰，才會混淆了吧？

抓抓頭，站得腿痠的我正想朝桌面坐下時，卻不慎把那棟「摩天大樓」撞倒。書本乒乒乓乓的掉了一地，害我抓也抓不及。

隔壁房正在交談的聲音戛然而止，然後我好像聽見了開門聲。

糟了！被發現了！

我立刻踮著腳尖跳回床上裝睡，怎知慌張之下卻遭被單勾住了雙腳，整個人直接抱著被單摔下床。

「哎喲天啊……我的屁股……痛！」幹嘛我每次偷聽時都一定會出事，不是撞傷腰就是撞傷屁股啊？！

某人一打開房門，看見的就是某少年在睡夢中從床上滾落床下的畫面。

維爾森先報以一串難聽的笑聲，才指著我誇張的嚷嚷：「噗哈哈哈……都幾歲了，原來還會摔床啊。嘖，小傢伙，我看你要考慮換張雙人床比較保險啊，哈哈哈哈……」

這個死教授一逮到機會，非要虧我兩句不可，還小傢伙咧！

「要你管啦，哎喲……」有些艱難的爬上床，我拉起被單蓋住身體，面向牆壁不去看他們。我寧願被他們誤會有摔床的習慣，也不會承認竊聽的！

「我去做早餐。」紅眸少年原本平淡的聲音，突然轉而降低了幾分：「有時間的話，地上的書本記得收一收，別把房間弄得跟戰場一樣。」然後是腳步聲逐漸變小，看來他真的去廚房了。

但是，怪了，我怎麼感覺室溫跟著降低幾度？

「對啊，有時間別只顧對著美女的海報發呆啊。」維爾森跟那冷冰冰的傢伙一唱一和，說完還大大的嘆了一口氣。

「知道啦！」我轉頭看他，含糊的應了一聲。

「好啦，反正時間還早得很，你多睡一下啦。喂，如果屁股真的很痛，我可以幫你推拿喔，怎麼說中醫我也讀過幾年，我房裡有去瘀的藥……」

他做了個推拿的動作，可是看在我眼裡，比較像是想要非禮女生胸部的大色狼！

「你休想藉故摸我的屁股！」老是被他亂抱亂勾肩搭背的已經夠我噁心了，現在還想非禮我屁股？門都沒有！

「哎喲，別這樣嘛，人家也是一片好心呀。」

「……」有些慌張的拉緊身上的被單，我不再搭理他，誰知道這傢伙會不會真的衝過來脫我褲子啊？

見我沒說話，維爾森也無意再調侃我，關上房門後好像也往廚房走去。

呼，我終於切身體會「險過剃頭」這句話的含意了，差點就被抓包了！要是剛剛那兩個傢伙發現我因為偷聽才會摔疼屁股，笑到滾地就算了，說不定還會把我綁在窗口邊，逼問我到底聽到了什麼不該聽的話、為啥要偷聽等等。

又說不定，那個維爾森會想出什麼變態的方法來逼供……汗，幹嘛我要在一大清早想像自己被虐待的畫面啊？

甩開雜念、揉著隱隱作痛的屁股，我一拐一拐的走向房門，把耳朵貼在門板上傾耳聆聽，他們卻沒再繼續剛才的話題。房外只傳來開冰箱、開瓦斯爐或切東西的聲響。

拉開書桌前的椅子坐下，他們之前的談話像是跑馬燈般掠過我腦海。

我記得維爾森說過自己是孤兒，跟顧宇憂一塊兒在孤兒院長大，然後什麼哥哥弟弟的，大概是他們在孤兒院生活時以兄弟相稱吧？他們的關係這麼好，也不是沒這個可能性。

但我不明白的是，跟我一樣是孤兒的維爾森何來的母親和妹妹？可不是嘛，剛才他一直在母親啊妹妹啊的說個不停。

再說呀，他老媽和我媽到底有什麼關係？

唉，亂死了。

說不定是我聽錯了。

不想自尋煩惱的我決定就此打住，別再往下亂想了，我可不想要腦子打結啊！

只要顧宇憂能替我打聽到我媽，也就是柯莉的下落，那就夠了。至於維爾森那個傢伙的私事，我才沒興趣去探聽，免得他自作多情的誤會我對他有意思！

※……※……※……※

甫跳下維爾森的休旅車，我摀著嘴忍住想吐的不適感，快步走向走廊，把那個抱著一疊教材的教授遠遠拋在後頭。

‧一‧暴風雨後的平靜‧

這人的駕駛技術簡直教人不敢恭維！橫衝直撞說轉彎就轉彎、想超車就超車，喜歡緊急煞車和突然猛踩油門，坐在車上的人不是差點撞上置物箱，就是後腦撞向身後的座椅，靠！

我正打算找個時間到保險公司投保，誰知道自己哪天忘了扣緊安全帶，會不會就這樣撞破擋風玻璃摔出車子，然後直接向上帝報到去啊？

氣呼呼的踩在走廊上，迎面有兩個長得滿可愛的女同學正有說有笑的邊走邊聊，可是當她們聽見聲音抬起頭看見我這張帥氣逼人的臉龐時，整個人不由得一顫，馬上掉頭。

「糟了，是元澍耶！我們走那邊吧。」

「對啊，這人是不祥的象徵，能閃則閃！好倒楣噢，校園這麼大，怎會遇到他呢？」

「今晚得去廟裡拜拜保平安才行。」

「像他這種人，早就應該被踢出學校的。」

「就是啊……」

她們的話就像是一把利刃，狠狠的剁碎我的心。我兩腿長根，呆呆的站在原地，欲哭無淚的咕噥：「老爸，你兒子這輩子注定要跟女生無緣了嗎？趕快做點什麼來挽救啊！」

嗚，被美女唾棄，心裡的創傷可不是三言兩語就能說明，特別像我這種條件好又長得玉樹臨風、風流倜儻、神勇威武和天下無敵的幹架王啊！

話說，那起女大學生連環命案已在一個月前偵破，表面上是偵破啦，而凶手安永煥學長也已經畏罪自殺，但幕後黑手仍逍遙法外。

這陣子嚴克奇負責的重案組依然在低調追蹤那個魔女和斗篷怪人的下落，卻一無所獲，顧宇憂那邊似乎也沒什麼進展。

沒錯，我們把那個神祕女凶手取了個綽號——魔女。

老實說，這綽號用在她身上還滿適合的。

這些日子，我每天準時上課下課，總算恢復了夢寐以求的正常大學生活，唯獨身邊一個比較親近或談得來的同學都沒有。在我身邊打轉的，就只有那兩個老是氣死人不償命的貓男學長和弟控教授。

另外，自從我直屬學長安永煥死了以後，根本就沒人敢頂替他的位置。誰叫我在大家眼中是個帶賽的倒楣鬼，他們認定只要跟我對上一眼或說上一句話，就會被死神打包帶走。

不得已之下，顧宇憂成了我的直屬學長，繼續跟我糾纏不清。加上維爾森老是有事沒事的巴著我，我就快要被校內那些女學生哀怨的白眼淹死了……

試問，堪稱校內最年輕、最帥氣和最受歡迎的精英教授，竟與一個稍有接觸就會跟著倒楣或死亡的倒楣鬼在一起，要是一個不小心說不定就會香消玉殞……呃，我是指跟安永煥和那些被殺害的女生一樣，被死神盯上啦！

所以那些女生有多討厭我，大概是不必再費唇舌解釋了。

雖然被人討厭、被人杯葛是有點難受啦，但這也不失為保護他們不被魔女殺死的唯一辦法，誰知道那個變態魔女什麼時候還會找上門來？

沒有朋友，也算是好事吧，至少她沒有新目標可下手。

寂寞時，只好回憶跟盧小佑或戴欣怡學姊曾經相處的點滴，算是慰藉心靈上的那道缺口吧。

我兩個禮拜前才去精神病院探望過戴欣怡學姊，她整個人瘋瘋癲癲、不修邊幅的，不再是昔日那個令人驚豔的大美女。而且她完全認不出我們，盡說些我們聽不懂的瘋言瘋語。

如果可以選擇，我不確定她會選擇瘋瘋癲癲過完一生，還是直接死了省事。

心地善良的盧小佑，現在應該在天堂跟天使玩捉迷藏吧？那天去墓園拜祭她時，我跟她說了很多句對不起，不曉得她有沒有聽見？

面對這個曾經默默喜歡過我的女孩，我心裡頭只有滿滿的愧疚。

「啊，是元澍！」身後又傳來了男生的驚呼聲，打斷了我的思潮。

「他是誰？很出名嗎？優秀生還是……」另一個男生好奇的問。

「是倒楣鬼啊，被他煞到你就慘了！你不知道嗎？之前有個跟他一起出雙入對的男生，在營火會那晚意外摔下後山的山崖！」

「死掉了？」驚訝萬分的語氣。

「當然啦！你知道後山有多高嗎？掉下去會粉身碎骨咧！」

「可是意外的事很難說啦，也不能說是誰害了誰。」

「那些女學生被安永煥殺死的事你知道吧？那些死掉的女生都曾經喜歡過元澍咧，我還聽說之前黑道的命案……」

「前面的同學！」身後倏地傳來了維爾森動聽的嗓音，打斷了那兩個男生的話題，「有時間聊閒的話，不如給我回去複習功課，聽說再過兩個禮拜就要考試了喔。」說完還態度親切的送上一個無害的微笑。

「啊，是維爾森教授！」那個講人壞話的男生一喊完，急急的拉著另一人跑開了。

目送那兩個男生成了一個小黑點之後，紅髮教授才用手肘推了推我身體，問：「幹嘛在這裡罰站？」

「有、有嗎？」搖了搖頭，我心不在焉的回答，滿腦子只想著剛才那兩個男生聊天的內容。

他們說的，就是在營火會時莫名其妙跑去後山那棵百年大樹前許願，然後意外摔下山崖的大一新生吧？名字叫做伍什麼凱的那個。

為啥他們會說我跟他出雙入對啊？我壓根兒就不認識他。

「喂，別把那些沒營養的話放在心上啊。」旁邊的維爾森笑了笑，「等時間沖淡了那些事，他們就會發現這只是一場美麗的誤會，然後開始爭著跟你做朋友喔。」

「……」我繼續發我的呆。

「喂，你有在聽嗎？」見我沒回話，某教授把臉湊近我臉龐，挑眉看著我。

我被他那張不斷放大的面孔嚇了一大跳，「有啦！有在聽啦！我現在過得很好，沒朋友也沒關係啦。」

拜託你別再靠近我了，等一下別人會以為你想親我啊！

「也對啦，你有我就夠了嘛，嘿嘿。」他笑得不懷好意，由於雙手被教材佔據了不能抱我或勾我肩膀，他只能用身體輕輕撞我一下。

能不能別在大庭廣眾之下這樣啊？丟死人了！不去理會他，我邁開腳步逕自走向講堂。

「待會兒見喔，元澍！」

吼～待會兒還要上他的課啊，討厭死了！忍不住，我回頭送他一個白眼，卻發現他竟然向我拋媚眼，一副依依不捨的樣子。

「對了，元澍，等一等！」我正要加快腳步離開時，他又開口喊住了我，追上前來繼續說道：「那個……最近A市好像出現一種罕見的傳染病，記得要多喝水，一有不適要馬上來找我喔，我很樂意替你做詳細的身體檢查……」

「我還年輕力壯，那些病毒見到我只有逃跑的分。」我沒好氣的打斷他。

這人只是想藉故看我身體吧？死變態！

「嘿，這很難說喔，還是小心一點比較好。」

「知道啦。」我不耐煩的向他揮揮手，繼續走我的路。

「喂，再等一下啦，還有一件事……」

這人好煩啊！

「什麼事啦？」耐性盡失的我停下腳步，轉過身瞪他。

「你父親房子的重建工程已經完成了，應該再過一陣子就能搬進去喔。阿宇交代，一有空就可以開始打包行李了。啊，好期待在那棟洋房跟你和阿宇一起生活，那房子聽說很寬敞，一定很舒服。」

「房子……已經建好了？這麼快？」我不可思議的看著他。

「對啊，阿宇找的那批工人動作很快咧，日夜趕工，才一個多月就把房子弄回原來的樣子。喂，樓上好像有四間臥室，你要睡哪一間？」

能搬回去老爸留下來的房子住我很高興，也很期待，可是，為什麼我非得收留這個弟控教授不可？！

「喂喂喂，誰說你可以搬進去？」我擺明了不想繼續跟他「同居」。

「當然啊，我跟阿宇都要負責保護你的安全，沒理由他能住，我卻不能住啊！況且那邊的房間很多，空置久了等等有幽靈搬進去住就慘了。不過你放心啊，我的煞氣很重，它們連院子都不敢踏進去呢……」

呸呸呸，什麼幽靈！誰能把這傢伙拖去刷牙漱口啊？

不想再聽他瞎掰，我直接用跑的離開走廊。

※　…　※　…　※　…　※

下午四點多，我在陌生的街道上漫無目的的瞎逛。

擦肩而過的全都是行色匆匆的行人，又或者是跑業務的上班族，想要趕在下班前回去公司覆命，與我這個惘然悠哉……不，看起來更像是遊手好閒的大學生成了強烈的對比。

唉，都怪自己太笨了，竟相信那個惡魔的話……沒錯，就是那個看起來跟貓咪一樣溫馴，但性格卻完全相反的大惡魔顧宇憂！

話說剛才我與顧宇憂同時在三點半下課，但他有個比較急的委託要處理，遂叮嚀我留在學校等維爾森上完最後一堂課，才跟他一塊兒回家。

那堂課在傍晚五點才結束，傍晚五點咧，這中間的一個小時半要我留在學校裡當飾品嗎？還是成為同學嚼舌根的對象？

於是，我硬要跟去看顧宇憂與魔人大戰，厚著臉皮死命抱著座椅賴著不下車。

「下車。」他沉住氣的命令，還用那隻好看的紅色眼瞳瞪我。

「你很討厭咧，委託的內容我又不是不知道，帶我去看一下會死喔？」

這人在處理偵探社的委託時，從不肯帶我一塊兒去。什麼滾地、威脅、死死巴著他等招數都用過了，他從不把我的抗議放在眼裡，而且三兩下就能成功擺脫我，在神不知鬼不覺下消失得無影無蹤。

哼哼，現在他除了棄車改搭計程車之外，看來是沒有第二個方法可以脫身了。

無奈的嘆了一口氣，他發動車子，面無表情的說：「收起你那猴子爬樹的可笑模樣，扣緊安全帶！」

欸？沒想到他就這樣妥協了，我不禁傻眼。

見我愣頭愣腦盯著他，他克制住想要翻白眼的衝動，加重了語氣說：「快點坐好！」

我如夢初醒，發現自己那手腳並用抱著座椅的姿勢真的很可笑。擔心他會突然踹我下車，我連忙坐好並綁上安全帶。

說什麼急著去處理委託，結果車子直接駛向一間迷你超市，在大門口停下。

大概是那傢伙的咖啡癮又發作了，遞來一張千元大鈔，要我下車替他買一打的罐裝咖啡。

不疑有他，我拿了鈔票匆匆跑進超市，直接走到冷藏區。正要打開冰櫃找他要的咖啡時，褲袋裡的手機突然響了起來，那是簡訊的鈴聲。

我拿出手機一看，發現是顧宇憂傳來的。

『我會回來接你，再聯絡。』

欸？我疑惑的看向超市的玻璃門，發現停在外面的那輛銀色車子已經消失無蹤了！

他、他、他居然做這種下三濫騙三歲小孩的事，找個最爛的藉口把我騙下車？！更教人崩潰的是，我這個十八歲的花漾少年竟相信了他的謊言！嗚嗚……

無計可施之下，我只好在這附近隨便走走打發時間，一邊詛咒那個死傢伙，「哼，竟敢欺騙我這個單純的小男生……」下次一定要放聰明一點，別再著了惡魔的道。

「惡魔都不是什麼好東西！」

憤憤的踢走地上的小石子，我離開熱鬧的街道，走向旁邊的住宅區。

逐漸冷靜下來後，我的思緒開始飄向那關於魔人的委託上。沒想到與魔人有關的委託一個接一個的投進偵探社的信箱裡，好像永遠都處理不完似的。

這麼多年來，爸的偵探社一直協助警方祕密處理類似的委託，阻止那些魔人作惡。那些委託信全由嚴克奇發給偵探社的。從他祖父那一代開始，就已經開始委託我爸處理魔人的問題，這工作在嚴克奇的父親離世後，無疑的落在身為兒子的他的肩上。只要遇到疑似魔人的個案，嚴克奇就會委託我爸去調查與處理，我爸離世後，魔人的委託則由顧宇憂全權處理。

魔人的問題必須謹慎與低調的進行，而魔人的傳說只能永遠的流傳下去，民眾完全無法證實魔人是否真的存在。

身為爸的乖兒子，偵探社的工作我也好想參一腳。已經好久沒跟別人幹架，我的手腳都快要生鏽了，若可以跟魔人交手的話……雖然是很棘手，但卻充滿了緊張與刺激，就像面對戴欣怡學姊和安永煥學長那樣。

雖然他們是受到能控制人類心智的魔女的操控，卻能擁有疑似魔人的力量，絕對是我夢寐以求的對手。難以想像，真正的魔人應該比他們強上數倍吧？

說到幹架，我體內的細胞又開始蠢蠢欲動了。

・一・暴風雨後的平靜・

偏偏顧宇憂說我個性衝動，要是一個不小心又失控暴走的話，他還得替我收拾殘局。

討厭啦，他一定是瞧不起我，畢竟我仍是個未進行血祭的魔人後裔，他擔心被我扯後腿吧？好吧，我承認自己是個成事不足、敗事有餘的人，但說到打架，我可不輸人啊！

「喂！警察！給我站住！」

突如其來的叫聲，令我身體石化了。

我該不會……又被誤認為殺人凶手吧？我幾乎快要哭出來了。

正想轉過身，一道身影倏地從我旁邊呼嘯而過，吹起了一陣風。

「警察！快停下來！」某個高喊自己是警察的傢伙——是個身材有點胖的男人，也越過我追了上去。

我頓時鬆了一口氣，「靠，原來目標不是我！」

不過，被追的那個人身材瘦小，跑得像一陣風，那個肚大腰圓的警察怎麼可能跑贏他呀？好吧，嚴克奇常在我面前強調「警民合作」這四個字，而且我之前被捲入多起命案時，他不眠不休的研究案件的疑點、致力於緝拿凶手歸案，也算是個愛民的好警官。幫他逮個犯人，這點小忙我還是會義不容辭的幫忙啦。

「小子，給我站住！」卯足力氣，我連熱身都省略掉，三兩下就把那個小胖警察遠遠拋在後頭，來到了犯人身後。

雖不曉得他犯了什麼滔天大罪，不過先把他拿下再說。

「都說了不關我的事，別再追我了啊！」他沒命似的使盡喝奶的力氣，卻只能拉開一點點的距離。

對方看起來很年輕，跟我差不多一樣大，個子小小的像個營養不良的小不點。

像隻帶著戲謔之心追著老鼠的貓，我壞壞的學嚴克奇的口吻說話：「哪有犯人會承認自己是壞人啊？」

「被警察追當然要跑啊！不跑的人是笨蛋！」

「如果你沒做壞事就配合一點啊，被警察問兩句話又不會死，我之前也被逮過一次，但清者自清，他們也沒為難我啊。」我好心勸說，想要他放棄逃亡自願投降，殊不知他突然煞下腳步，手裡不曉得拿著什麼朝向我撲過來。

「幹！原來是個冒牌貨！嚇死我了！」

「哇啊——」我始料不及，因來不及停下而整個人撞上了對方身體，然後跟他一起倒在人行道上。

我又跟男人相撞了！

身下的少年爆出了一串髒話，右手已快速揮向我帥帥的臉蛋，「去死啦！」

他手裡握著一把短刀，刀鋒上的銀光令我眼前一花。

這人想要捅我眼睛是吧？我快而準的扣住他手腕，再翻起身用力一甩，他整個人已被我拋上了半空。

蹤身一躍，我狠狠的踹了他屁股一下，再以優美的姿勢著地，半蹲於人行道上聆聽某人重重落在地上的聲響。

稍微活動筋骨後，暢快淋漓的感覺令我心情大好。正想像個流氓般上前去恐嚇他幾句，再把他押給剛才那個胖警察處置時，那傢伙竟歪歪斜斜的爬起身，一拐一拐的想要再次逃跑。

嘖，這人的意志力比小強還要頑強！

打了個哈欠，我從褲袋裡摸出一把原木色彈弓，再隨手抄起兩塊小石頭，準確無誤的射向他的小腿。他喊了一聲痛，整個人在地面上翻滾了好幾圈才止住去勢，再也爬不起來了。

我洋洋自得的吹走彈弓上的灰塵，邪惡的笑了笑。可是目光在接觸手上的玩意兒時，我不由得一愣。

這彈弓，不是孤兒院院長送我的那一個……對了，那個好像已經被戴欣怡學姊削斷了，那麼手上的這個，是哪裡來的？

恍神之際，身後奔來了幾個身穿警察制服的人，合力把那個倒地不起的犯人鎖上了手銬。

「咦？你不就是元澍嗎？」

誰？是誰在叫我？

回過頭，有隻肉肉的手搭上了我肩膀，眼前是一張完全陌生的臉孔。

「我是薛秋，曾經是嚴警官的下屬，之前調查戴家的命案時一直看到你，可能我不像嚴警官那樣出色，你完全沒留意到我啦，哈哈……」說到最後，他笑著摸了摸發福的肚子。

原來是嚴克奇的下屬。經他這麼一提，我好像有點印象曾經在命案現場見過這個叫薛秋的警察。他看起來有四十幾歲了，頭髮也有些花白，身體圓圓的……咦？他不就是剛才追著那犯人跑的胖警察嗎？

隨手把彈弓收進上衣的口袋裡，我禮貌的回應他：「薛大哥，你怎麼在這？有凶殺案嗎？」嚴克奇是負責重案組的，難道這附近發生命案了嗎？還是說，那個想要捅我靈魂之窗的傢伙是個殺人犯？

「沒什麼，只是普通的竊盜案，就在前面那間獨棟洋房發生的，應該是早上就已經被竊了，但屋主下午回家後才發現，趕緊報警處理。原本我想到附近看看那些小偷有沒有留下什麼證據，卻發現這傢伙鬼鬼祟祟對著那洋房探頭探腦的，我才喊了一聲，他就跑了。」

他的解釋可不是普通的詳細，我都快要睡著了。

「幸好遇到了你，不然這傢伙早就逃跑了！謝啦！」拍了拍我肩膀，他一臉感激的微笑。

討厭，只要被人稱讚，我就會臉紅。

抓了抓頭，我客氣的回應他：「舉手之勞而已，沒什麼好謝的……對了，為什麼你會協助處理竊盜案呀？」難道最近A市太過和平，重案組閒著無所事事，才會跑去別組幫忙嗎？我記得竊盜並不在重案組的工作範圍之內。

「啊，是這樣的。」彷彿看出我眼裡的疑問，他打哈哈的說：「我已經接近退休年齡了，老婆一直碎碎唸，要我別再拿命去衝。畢竟重案組要跟那些殺人犯搏命，要是一個不小心，就會跟這個世界說再見，所以我在一個多月前已申請調組了。」

我恍然大悟。

「雖然現在的工作是比較沒風險啦，可是類似的案子很多，有時一天要跑五、六個現場，也夠我們喘了。」

警察這工作簡直不是人幹的，薛秋能捱到現在都還沒爆肝，一點也不簡單！

還是老話一句，以後打死我都不會去從事警務工作，那絕對是份自討苦吃的苦差。不過，我很佩服那些擁有頑強意志的警察，他們是為民解憂的正義衛士、除暴安良的好人！

「那你繼續忙，我要等人，先走了。」逮到了犯人，警方的後續工作應該很多，我擔心打擾薛秋工作，只好找藉口開溜。

「喔，好啊，有去警局找嚴警官的話，記得順便來找我吃飯啊，我請客！」他親切的摸摸我的頭，把我當成了自己的兒子。

誰沒事想去警局混啊，真是的！但我臉上仍掛著燦爛笑容說好。

離開前，我抬頭看了前方那間被人竊盜的洋房一眼，不由得愣了。那……不就是便利商店老闆的家嗎？沒錯，就是那個突然燒炭自殺的中年男人。

·第二章·

傳染病

病毒是三天前開始在城裡出現，
受到感染的人會身體痲痹，呼吸困難，血液凝固……

之前我在一家小規模的便利商店打工，後來老闆不知何故突然自殺，便利商店暫停營業，我才沒在那邊打工了。

一抬腳，雙腿像是不受控制的來到了洋房的籬笆門前，大門外有個中年婦女在接受警察問話。我認得她，她是便利商店老闆的遺孀，也就是老闆娘。

一瞧見我，她馬上跟問話的警察說了兩句，帶著探索的表情走上前來問我：「你是上次跟阿凱來過的年輕人，對吧？」

「阿凱？」阿凱是誰？我摸不著頭緒。

「伍邵凱呀，那天看新聞報導，說他在學校後山意外摔死了。這麼好的男孩，又還這麼年輕……」她眼淚開始滴滴答答的掉個不停。

沒想到老闆娘也認識伍邵凱，我大感意外。我記得自己在老闆自殺後隔天有來這裡了解情況，但為何她會說我跟那個叫伍邵凱的傢伙一起過來呢？

也許剛痛失丈夫不久，現在又遭遇這種事，她的思路難免有些混淆。

對於老闆娘的情況，我深表同情，也就沒去拆穿她了。

「我之前的確在便利商店打工，後來聽妳說暫停營業，就沒過去了。」我小心翼翼的說話，然後指了指洋房，「剛剛聽說這裡被人竊了，想說過來關心一下。」

「唉，白天家裡沒人，才會讓小偷有機可乘，幸好只是被偷了一些不值錢的東西。」擦了擦眼淚，她笑了笑，說：「重要的東西，我都收在保險箱裡。你這孩子真有心，還特地繞過來，謝謝你呀。」

「沒什麼。」靦腆的摸了摸頭，我也笑了，「對了，剛才警察捉到了那個小偷，應該很快就能找回那些被偷的東西。」

「說到擒賊，這小子可英勇得很呢。多虧了他，我們才成功制服了那個犯人。」薛秋不知何時來到我身旁，笑著誇獎我。

「真是個難得的好青年啊。」老闆娘訝異的看著我，我卻只有傻笑的分。

「你們繼續聊，我去屋裡看一下。」薛秋丟下這些話，又匆匆進屋去了。

正想要跟老闆娘道別時，她卻像是想到什麼似的說：「對了，便利商店上禮拜已經重新開張營業了，店裡正好缺人，你有沒有意願要來做？你應該還沒找到其他打工吧？」

咦？打工？當然好啊！沒打工就等於沒收入，現在的生活費都要靠顧宇憂資助，有很多不方便。他處理警方的祕密委託，當然不是白做的啦，但我沒過問一個委託收費多少……

老闆娘的邀約，我幾乎是立刻點頭答應，「我當然有意願要做！」都已經十八歲了還向某人伸手要錢，怎樣都說不過去。

「那就好，我還擔心你會拒絕呢。」她如釋重負的握住我的手，「那你什麼時候可以開始上工？明天方便嗎？時間和薪資都照舊。」

「呃，不過我需要一些時間來安排生活上的瑣事，妳能不能給我三天的時間？」說什麼安排瑣事，實際上是要找機會跟顧宇憂說一聲，三天應該夠吧？

「當然沒問題。這是我的電話號碼，你決定好上工時間之後，打個電話給我就行了。」她遞來一張名片，「對了，我還不知道你叫什麼名字呢？」

「我叫元澍。」

「元澍，謝謝你肯回來幫忙。」說完，她又感慨的嘆了一口氣，「唉，如果阿凱還在，我也好想再請他回來便利商店工作啊……」

欸？伍邵凱之前跟我一起在便利商店打工過嗎？怪了，怎麼對於這個人，我完全沒印象啊。

告別老闆娘之後，我打算回到顧宇憂「遺棄」我的那家超市等他。但都已經過了一個多小時了，那傢伙怎麼還沒結束啊？

哼哼，最好被他遇上一個空前絕後的超強魔人，然後被對方揍得鼻青臉腫，再也不能耍酷。

拿起手機，正想打電話催他快一點，但一想起他可能跟魔人大戰而不便接電話時，按著手機螢幕的手指頓時僵住了。躊躇了好些時候，我迅速打消念頭。

算了，還是別吵他辦正經事。

把手機塞回褲袋裡，想要重新找出前往超市的方向時，我有些崩潰的發現自己好像迷路了！

喂，老天，你該不會以為我太閒、時間太多，想要邀我一起玩迷宮遊戲吧？這裡是住宅區，小路或巷弄什麼的像是一堆亂糟糟的毛線般，弄得我暈頭轉向，要走出去談何容易啊？一定是離開老闆娘洋房時拐錯了路，加上自己把注意力全擺在顧宇憂身上，才會不慎晃到了這裡來。

嘆了長長的一口氣，我垂下了肩，無力的往回走，希望能順利找到老闆娘的洋房，再讓薛大哥教我怎樣回去超市好了。如果有順風警車好搭，就再好不過了，嘿嘿。

抬頭看了上空的太陽一眼，真是有夠熱的，秋天不是快要來臨了嗎？死太陽趕快給我滾一邊去涼快吧！

這麼想著的同時，我憑著記憶轉了兩個彎，反而來到了一處比較寧靜的巷弄。

兩旁是一排排已有些年代的房子後院，年久失修的舊屋有些被空置著，整個院子爬滿了雜草。即使有住人的房子也非常陳舊，看起來隨時都會坍塌的樣子。巷子有點窄，而且非常安靜，只有三、兩隻流浪貓懶洋洋的趴在樹蔭下休憩。

見到懶貓，腦子裡就聯想起我家那隻貓……呃，是貓咪般的少年啦。

繼續往前走，那些老屋的後院種了很多果樹，濃密的枝葉遮去了大部分陽光，陰森森但非常涼快，好想索性躺下來睡覺等某人來電算了。

不過，要是讓顧宇憂知道我亂跑，下次不曉得是否會把我綁手綁腳，直接丟在後車廂裡……一秒鐘也不敢浪費，我只好繼續拖著疲憊的步伐找尋出路。

不知過了多久，褲袋裡的手機終於響了起來。太好了，那傢伙總算完成手頭上的委託了……不過，我還沒找到回去超市的路啊啊啊！

慘了慘了，一定是他在超市外面等不到人，打來問我滾去哪裡了。拿起手機，正猶豫著要不要接電話時，螢幕上的來電者卻顯示著「變態教授」……我忘了自己也把這人的號碼設了跟顧宇憂一樣的專屬鈴聲。

咳，至於這個「變態教授」一名嘛……沒辦法，誰叫維爾森真的很變態，老是亂抱我、在我面前說些噁心巴拉的話。在通訊錄裡鍵入這個稱呼，已經算客氣了。

我緊張的情緒瞬間被不耐煩的神色取代了。接起手機，我沒好氣的劈頭問他：「幹嘛啦？」我在迷著路，很忙咧。

「小子，你在哪邊混？」活力十足的語氣。

「我在逛逛啦。」好恨這裡的收訊太好，要假裝斷線都不能。

「阿宇那邊沒那麼快好，他要我過去接你，你在哪邊逛？」手機那邊傳來某人發動車子和關上車門的聲響。

接我？討厭啦，這傢伙大概又會抓我陪他吃晚飯……不過，總好過我在這裡迷路迷到天黑，可憐兮兮的蹲在巷子裡又冷又餓又沒地方睡覺吧？嗚……

早已放棄抵抗的我，有氣無力的邁開腳步繼續往前走，「……我迷路了啦，不知道自己在什麼鬼地方。」算了，你要笑就笑個夠吧。

「啊，那沒什麼啦。」他一點也不覺得驚訝，「反正這是意料中的事啦，沒迷路的話，我才覺得你不正常呢。吶，你告訴我比較明顯的地標或路牌什麼的，我直接過去接你就是了。反正應該也不會晃太遠，一定還在A市對吧？不過如果跑出A市也沒關係，我這人是最講義氣的，即使要坐火車或坐飛機，我也一定會過去把你接回家，只不過你要等上一段時間，畢竟坐火車或坐飛機也需要一些時間……」

喂，你廢話能不能別這麼多？

「再說下去，我就快被你的廢話淹死了！」我很不客氣的打斷他的滔滔不絕。

「年輕人，火氣別這麼大啊，你的肝火、胃火、肺火、心火全都燒起來了喔。我只是擔心你迷路了難免會感到害怕，盡量跟你說話，才能消除你內心的恐懼感。吶，看到小孩迷路時，我也是用這招……」他繼續廢話。

死教授！我已經十八歲了！

「你到底有完沒完啊……哇呀——」

火氣正旺的我在專心罵人，沒留意腳下有障礙物，竟被它一把絆倒，然後整個人呈大字形的趴倒於地面上。手上的手機往前摔了出去，手機與電池頓時分了家，在地面上各據一角。連口袋裡的彈弓都跟手機電池掉在一塊兒，可見我真的摔得不輕！

不曉得是不是摔得我眼花了，我看見前方距離約一百公尺的巷口，有個背對著我的模糊身影拖著緩慢的步伐走出去，然後往右邊彎去，從我視線中消失。

那人好像穿著連帽斗篷吧？大太陽底下還真有不怕中暑昏倒的大笨蛋。但巷口的太陽很猛，我無法瞧清楚對方是不是前凸後翹的絕世大美女……

把思緒拉回眼前的「遭遇」，我感覺手心有點痛，大概是擦傷了，破皮的地方沁出了少許赤色的液體。幸好下半身壓在柔軟的東西上面，應該是絆倒我的那包垃圾吧？誰這麼沒公德心啊？很多人都喜歡把一些沒用的物品打包後棄於無人的巷弄裡，像我這種不長眼睛……呃，倒楣的路人一不小心就會被絆倒。

靠，一有倒楣的事，老天爺一定會算我一份。還有還有，要不是維爾森那通來電，我也不會被那包垃圾「有機可乘」啊！哼哼，這筆帳一定要記在那個死教授頭上。

拜託我那可憐的手機千萬別報銷才好，我已經夠窮了！

哀號完，我想要爬起身撿起散落於地的手機和彈弓時，卻被眼前一張了無生氣的臉龐嚇了一大跳。定睛一看，我整個人竟壓在那張臉的主人身上！

原來絆倒我的「東西」，居然是一個男人！

「哇——」我整個人馬上向後彈開，一屁股跌坐在不遠處的水泥地面上，好痛！我屁股今早才摔過一回咧……

回過神後，我開始打量那個莫名其妙躺在巷弄裡的傢伙，這傢伙該不會是貪這裡陰涼，選在這種地方偷懶睡午覺吧？可是……他完全不動咧，即使被個美少年壓在身下非禮……咳，被不小心跌倒的路人壓在身下，卻依舊一動也不動的。

咦？難道是被太陽烤暈或中暑了？思及此，我趕緊爬起身來到他面前。

不看還好，乍看之下又是一陣驚呼！眼前那死灰著一張臉的傢伙不是別人，正是之前才剛剛在便利商店老闆娘洋房附近跟我打招呼的薛秋！

不過，他為什麼會跑來這裡啊？

他平躺於地面上，看樣子真的像在睡覺。但仔細一瞧，他並不是睡覺，更不像是昏倒！他兩眼大睜，眼球往上翻去，只露出眼白的部分，而且張著嘴像是呼吸困難的樣子。此外，他雙手也握成了拳狀，像在極力抵抗什麼痛苦似的。

「薛大哥！」我立刻搖他肩膀，但他連眼睫毛都已經僵硬不動了。探了探他的鼻息，我再次嚇得跌坐於地。他、他、他死了！可是他身上完全沒有外傷，怎麼可能……

「喂！你在幹什麼？！」身後突然傳來了男人的喝叱聲。回過頭，幾個陌生人朝向我飛奔而至，還從身上掏出了警槍指著我。

「警察！別動！」

警察……過度驚訝的我，呆若木雞的看著他們來到我面前，再動作粗魯的把我壓制在髒兮兮的地面。其中一人還掏出手銬把我雙手反鎖於身後，再隨便摸我身體……呃，是搜身啦。

一回過神，我馬上掙扎和大聲叫嚷：「喂，你們幹嘛抓我？我不是犯人啦！」老天爺，你給我適可而止啦，這遊戲我不玩了！

「給我閉嘴！」頭頂被人轟了一拳，痛得我齜牙咧嘴。

「這小子殺了老秋！」旁邊的警察檢查了薛秋的脈搏後，悲憤莫名的怒喊。

老秋，指的就是薛秋吧？喂喂喂，別又把我誤會成凶手啊！

聞聲，身旁那三個便衣警察馬上對我惡言相向，一口咬定是我殺死了薛秋。正想開口反駁時，某個警察從我身上搜出了一張千元大鈔，然後遞給那個把我壓制在地上的警察，「他身上沒有任何證件，只有一張鈔票。」

「臭小子！搶錢就搶錢，幹嘛殺人啊？沒證件？對岸游泳過來的嗎？」說完又是一巴掌拍在我臉上，害我連辯駁的話都被打散了。

「哼，警察使用暴力嗎？真教人大開眼界。」

前方突然傳來一個年輕男子的嗤笑聲。忍著痛抬起頭來，我對上了一雙比顧宇憂還要凜冽的眼神。對方看起來很年輕，大概才二十歲出頭，渾身散發著一股生人莫近的氣息。

他正冷著一張臉巡視在場的每一個人。

「喂，你誰啊？」其中一個警察站起身，大搖大擺的走向他。

「路人。」他不慌不忙的回答，完全不把眼前的警察放在眼裡。那股氣勢夾帶著令人窒息的壓迫感，讓人不由得感到害怕。

「你們是同黨吧？」

「抱歉，我沒必要回答你這問題。」年輕男子說完，頭也不回的轉過身，踏著穩重的腳步走遠了。

奇怪的是，即使旁邊幾個警察拔腿追向他，卻好像永遠趕不上他步伐似的。

「見鬼了！」有人這麼喊著。

留在這裡看守我的那個送我栗暴又打我帥臉的警察見情勢不對勁，動作粗魯的拽住我手臂、把我拉起身，「給我上車去！連警察都敢殺，你完蛋了！」

竟敢對我動手，完蛋的人是你才對！

他把我塞進一輛停在路邊的警車裡，再召來兩個警察看緊我後，先打電話回警局要求支援，才重返薛秋臥屍的地點拉起警戒線。

動了動被抓痛的手臂，我頭上和臉上被他臭手招呼過的地方在隱隱作痛，跌傷的手心和摔疼的屁股也在痛。

我到底是招誰惹誰了啊？連迷路時也會踢到屍體，幹……

等待的時間好漫長，車裡又悶又熱，連冷氣都不開，熱得我昏昏欲睡。

加上剛剛在酷熱氣溫下晃了一個多小時，我已經筋疲力盡、疲憊不堪，結果真的睡著了……

矇矓間，我來到了一間燈光昏暗的密室。裡面的空間不算很大，但收藏了很多書籍，全都整齊的擺放於靠牆的書架上。

那些書架，佔據了其中三面牆，另一面牆壁掛了很多相片。大部分相片早已經褪色，看出來是些舊相片，而且大多數是一個女人懷裡抱著一個嬰孩的畫面。以嬰孩的穿著來判斷，應該是個男嬰。而女人旁邊，有個男人一臉幸福的看著他們。

正聚精會神打量那些相片時，某個角落好像傳來了有人吵架的聲音。

「元澍，聽話，等時機到了，我會告訴你。」

「別當我是三歲小孩子！到底是誰要找我爸的日記？我爸的日記到底在哪裡？……」

「那本日記根本就不存在。」

日記？聲音怎麼聽都覺得很熟悉，而且還喊著我的名字。

把視線從那些相片上挪開，我循著聲音的來處看過去，發現密室的角落有一張單人床。有兩個再熟悉不過的少年就站在旁邊吵了起來……是我和顧宇憂！

眼睜睜看著自己跟別人爭執，這畫面怎麼看都覺得很詭異。我想要走近幾步，阻止「我們」爭吵時，卻發現自己無法再趨前一步，只能停留在三公尺以外的地方。

站在原地，我就像個局外人，看著自己跟別人吵架。

「我不信！為什麼那個人要找我爸的日記？你一定知道他是誰對不對？顧宇憂，如果要我相信你的話，就把所有事情都告訴我！」「我」的語氣很衝。

「我不知道。」顧宇憂一如既往的冷靜。

「騙人！由始至終你都在說謊，你這個來歷不明的傢伙到底是誰？爸在遺囑裡根本就沒說你住在房子裡，你突然憑空出現，怎麼說都很可疑，你以為我是笨蛋嗎？」

「我沒必要騙你。」

「那你告訴我你是誰啊？把你祖宗十八代的名字全報上來，還有你的家庭背景什麼的！其實你一直以來都住在那棟公寓吧，後來我爸死了，你不知道有什麼意圖還是想趁機接近我，才會搬進我爸的洋房吧？哼，說不定黑道那些人全都是你殺的！」

「你懷疑我嗎？」

「沒錯！」

「就因為那些委託信？」

……

這場爭執，感覺上似曾相識，彷彿自己曾經親身經歷過似的。

聆聽著「我們」爭吵的內容之際，我不禁聯想起早上的那個夢境——在陌生的房間裡發現那張「尋找元漳日記簿」的A４紙張。

怪了，早上剛剛夢見有人要找我爸的日記簿，現在又夢見自己為了爸的日記跟顧宇憂吵架，這種具有「連貫性」的夢境，怎麼想都覺得有點匪夷所思。

「喂，元澍，快醒醒！」感覺有人輕拍我臉頰，再搖了搖我的肩。

「你們把他毆昏了？！」某警官咆哮的聲音，有點刺耳。

「沒、沒有啊，我誤會是他殺死了老秋，才會甩了他一巴掌。」那人的聲音聽起來戰戰兢兢的，「之前也打了他的頭一下啦，可是沒理由這樣就昏過去啊，剛才把他丟進車時，他看起來還是清醒的。」

「把車裡的冷氣開一下啊，說不定是缺氧了才會昏過去！這小子也真是的，幹嘛不打電話給我啊？哼哼，如果他真的出事了，你們就等著被剝皮吧！」

「沒、沒那麼嚴重吧？他只不過是個普通少年而已，又不是總統或議員的兒子……」

「死就死在顧宇憂和維爾森都把他當寶來保護啊！而且基於某些因素，他也是我們重案組保護的對象！」某警官氣急敗壞的繼續吼人。

「那、那個偵探和法醫嗎？」另一把有點發抖的陌生聲音也加入了話題。

「哼，你們要是被人瞪死也是活該！要是被投訴的話，就等著收辭退信吧！」嚴克奇說完又繼續拍我的臉，「元澍，快點醒醒，有沒有哪裡不舒服？」

「唔……」我幾乎是一睜開眼睛，就立刻對上了那傢伙焦慮的眼神。

我神情呆滯的看著他，一時間搞不懂自己到底身在何處……不，該說是我仍未從密室裡的那場爭執清醒過來。扶著腦袋，我有些惘然的看著眼前的警官，以及旁邊兩個像是做錯事等著被打屁股的便衣警察。

眼前的某警官見我表情木愣，一個字也說不出來時，整個人快要急死了，有些慌張的搖我肩膀，問：「元澍，你別嚇我，被打傻了嗎？」

我好像聽見有人快要哭出來的聲音，開始拚了命的向我道歉，只差沒一把眼淚、一把鼻涕的跪下來磕頭。怪了，嚴克奇是警官，小警察怕他也是天經地義的事，但為什麼一聽見顧宇憂和維爾森的名字時，卻露出這種像是世界末日來臨的表情？

「咯吱——」旁邊傳來一道緊急煞車聲，打破了眼前的僵局。

只見某輛休旅車的主人幾乎是第一時間跳下車，來到這裡推開堵住車門的所有人，鑽進警車來到我跟前，表情有些焦慮的問：「剛才聽嚴克奇說你被人打昏了，沒事吧？」邊說邊替我檢查身上的外傷，「嘖，右臉頰有道明顯的瘀青和指印，身上有沒有其他傷？」說完幾乎是想要立刻掀起我的上衣。

我有些失措的拍開他的手喊道：「什麼被打昏啦？只是不小心睡著而已。」我連忙解釋，免得某人連我的褲子也脫下來！

「可是被打是事實吧？」他板著一張臉，凌厲的目光掃向在場的每一個人，「哼，打狗也得看狗主人吧？這孩子一直跟著我和阿宇出入命案現場或警局，連我的驗屍房也待過，難道你們眼睛長在屁股上不成？再說，身為警察，在還沒弄清楚真相以前，就對手無寸鐵和沒有做出反抗的少年使用不當的暴力，是公家飯吃膩了嗎？」

維爾森的表情就像被人踩爛心愛的玩具那樣陰險可怕，兩眼幾乎快迸出了火花。

「對、對不起！我見老秋死了！而這小子又鬼鬼祟祟的待在他旁邊，我才會、才會……」那個搧我巴掌兼送我栗暴的警察兩腿一軟，差點就站不穩了。

好吧，見同僚突然死了，換作是我也會意氣用事、判斷錯誤。算了，我原諒你就是了。再說，這些警察都是薛秋的同僚，我也不想為難他們，便開口替那個警察求情：「維爾森，反正只是一場誤會，我也沒受到什麼嚴重的傷，這件事就這樣算了吧。」

「這怎麼成……」維爾森似乎不想就此善罷。

「況且你被叫來這裡，是要驗屍而不是興師問罪吧？」

我一語驚醒夢中人，他臭著臉想要拉我下車，卻發現我兩手被手銬反鎖於身後，兩眼頓時又迸出了想要殺人的凶光。嚴克奇不敢怠慢，馬上趨前替我打開手銬。維爾森幾乎是立刻把我帶進自己的車子後座，裡面的冷氣強而有力，感覺涼快多了，整個人也清醒了一大半。

這時我才意識到身上的T恤被汗水浸溼了。

維爾森打開副駕駛座的門，拉出了急救箱，再急急的回到後座來。

「我在這裡休息就好，你快點去工作啦。」耽誤了工作可不好，我不想成為罪人。

「你的傷要先處理。」他難得露出嚴肅的表情，打開急救箱拿出幾樣藥物，開始熟練的替我清洗傷口、消毒和上藥，「反正屍體不會跑路，阿宇也隨後就會到了。剛才你手機突然被切斷，接下來又一直打不通，害我緊張得要死，以為你被女魔頭幹掉了。」說話時，他眼裡閃過了一絲擔憂。

呃，他看起來好像真的很擔心我，我也就軟下心腸來解釋：「剛才聊電話時，我被薛大哥的屍體絆倒，手機掉在地面後分屍了。」

「絆倒？」他眉頭一揚，翻開我手掌和檢查我手肘，「哼，果然有擦傷，要是我沒看到，你打算就這樣放任那傷口自生自滅吧？」

這傢伙的判斷能力驚人，一說到跌倒，有可能受傷的地方都瞞不過他。

唉，早知道會發生這種事，當初就寧願待在學校餐廳等維爾森下課便是。如果人類擁有未卜先知的能力，該有多好！

傷口被處理得差不多後，突然聽到「嘰——」的一聲，相當刺耳，我望向聲音來源，警車後方又有一輛銀色進口車猛然煞車，在高姿態下抵達現場。旁邊圍觀的人群裡，爆出了花痴般的驚嘆聲。

討厭，這兩個傢伙的長相已經夠驚人了好不好！就不能低調一些嗎？在耍什麼帥啦，可惡！

跟維爾森一樣，顧宇憂一來到現場不是先工作，而是先找到我，然後遞來兩瓶礦泉水。

當他目光接觸我手上的OK繃和臉頰上明顯的瘀青時，不由得皺起了眉頭。幸好維爾森早一步向他解釋，否則他大概又要向嚴克奇興師問罪了。

感覺自己好像真的如嚴克奇所說的那樣，被那兩個傢伙當寶來保護？是錯覺嗎？

也許他們只是擔心我暴走，進而殺人和變成魔人吧，畢竟他們是少數知道魔人存在的人，而且是處理關於魔人委託的傢伙。

一定是這樣沒錯，他們跟我非親非故，怎麼可能會把我當珍寶來保護嘛，呵呵呵。

說到親人，今早那些關於哥哥弟弟的談話又飄進我腦海裡……唉，是我想太多了。

「吶，你給我待在車上休息，別亂動。」維爾森把我按在座椅上，準備關上車門。

「我也要跟下去看看。」雖然身上的傷有點刺痛，但我堅持要跟去查看薛秋的屍體，怎麼說我也是第一個發現屍體的人，說不定能提供一些有用的線索。

維爾森見我堅持己見，倒也沒阻止我。

打開其中一個寶特瓶，把礦泉水一飲而盡後，我才趕上那兩個人的腳步。

「我在便利商店老闆娘家附近遇到了薛大哥，當時是他先認出我的。他說自己在附近走走，查看那些小偷有沒有留下什麼證據時，遇到了……」我把自己與薛秋「邂逅」的經過全盤托出。

「當我發現被竊盜的住家是便利商店老闆娘住的洋房時，想說過去了解情況，還跟老闆娘閒聊了一陣子。後來想要回去那家超市等顧宇憂時，卻迷路了，並接到你的來電。跟你聊電話期間，我被薛大哥的屍體絆倒了，整個經過大概就是這樣。」說到最後，我還瞪了一眼維爾森，眼裡透著「都是你來電惹的禍」的信息。

「同僚說，他們見薛秋出來很久還沒回去洋房，開始覺得很奇怪，才會分頭出來找他。」跟我們一起查看薛秋屍體的嚴克奇接下去說。

「初步檢驗，薛秋身上沒有外傷，死因好像是呼吸困難而引發的窒息，也有可能是突然暴斃，我需要進行解剖後才能做出更精準的判斷。」維爾森脫下手套，面帶輕鬆的站起身，然後嘻皮笑臉的轉向我，「放心啦，這次不是變態的殺人案件，不是衝著你而來的啦。」

我又不是擔心這個，啊你一天沒虧我會死喔？

「這傢伙有抽菸喝酒的習慣吧？身上的菸味有點重，還有淡淡的酒精味。」仍蹲在屍體前的顧宇憂這麼說。

「老秋就這些壞習慣改不掉。」旁邊跟薛秋認識比較久的警察這麼說，「我們也一直勸他戒菸戒酒，他就是不聽。」

「要想長命一點，得遠離菸酒才行啊。」維爾森無奈的搖搖頭，然後一把攬住我的肩，又拍了拍顧宇憂的肩頭說：「走吧，先去吃飯，我都快要餓死了。」

現在的社會，突然猝死的事件層出不窮，人類不健康的習慣很多、黑心食品也越來越多，加上生活和工作壓力什麼的，要想安全活到一百歲，簡直難如登天。

不過，當這種事情發生在自己認識的人身上，心裡難免有些難過和感慨，但願薛秋大哥一路好走，來世別再跟菸酒做朋友了。

※　…　※　…　※　…　※

熙熙攘攘的夜市裡，前後左右的桌子傳來人們嘰哩哇啦大聲說話的喧鬧聲，唯獨我們這一桌出奇的安靜，誰叫平時最多話的維爾森突然變啞巴了。

不但如此，他連吃頓飯都心不在焉，差點手誤把麵條塞進鼻孔裡面。

有蹊蹺，這人的舉止有點反常。一離開薛秋臥屍的現場，他就一直若有所思，走向夜市時還差點一腳踩進了水溝裡，搞什麼啊。

嘖，要是不小心掉進去，我可以考慮把手機上的「變態教授」改為「水溝教授」了。

平時一直被他欺負得死死的，現在好不容易有機會可為自己扳回一城，我三兩口解決眼前的晚餐，想要嘲笑他是不是被屍體煞到時，貓男卻早一步打破眼前的沉默。

「薛秋的死，有問題嗎？」放下手上的叉子，顧宇憂問了個令我始料不及的問題，然後再啜了一口咖啡，才把目光擺在維爾森臉上。

「什麼叫有問題？又是魔女的傑作嗎？她只能控制別人的心智吧？不可能連生死也……」

「不是那個問題。」維爾森吐了一口氣，打斷我的話，同時也放下手中的筷子繼續說：「早上跟你們說的傳染病，至今已有六人被送進醫院病房隔離。」

傳染病？啊，維爾森早上有跟我提起過，只不過我覺得那跟我沒啥關係，就沒放在心上。

「病毒是三天前開始在城裡出現，受到感染的人會不時感到身體麻痺，然後呼吸困難，血液也有凝固的跡象。雖然不是奪命病毒，不過若延誤醫治，有可能會造成死亡。」

「之前出現過死亡病例嗎？」對於這話題，顧宇憂也顯得意興闌珊，準備拿起叉子繼續吃他的義大利麵。

「沒有，不過也有可能是我多心了，或許薛秋不是因為感染病毒而死。但我已經交代他們暫時隔離那傢伙的屍體，明天一早進行解剖後才能進一步釐清他的死因。」維爾森說完，重新掛起笑臉轉向我，說：「元澍，別擔心啦，那病毒的抗體很快就會被研發出來，被傳染的話，也不一定會死啦。」

呿，我才不怕死咧，「先擔心你自己啦，經常跟病人和屍體有接觸的人是你，只要你不把病毒帶回家就沒事了。」說完還做了個鬼臉。

「安啦，我離開醫院或驗屍房之前，會記得消毒的啦。不過啊，要是你被病毒感染，身體麻痺的話，不就……」他眼神開始不安分的在我身上遊走。

「講話別只講一半！」我瞪著他那不懷好意的笑臉。

「就身體不能動啊，那麼我就可以為所欲為了……」燦爛的笑容帶著幾分危險。

「你這變態！」我一臉戒備，立刻抱著胸把身體挪後一些。

「欸，現在的年輕人腦袋都不太乾淨。」他佯裝很驚訝的看著我，「我只是煩惱要怎樣替你洗澡更衣啦。喂，聽阿宇說，這種事他前不久才幫你做過……啊，說不定還得扶你上廁所……」說話時，維爾森還瞄向某個把自己置身事外的紅眸少年。

「閉、閉嘴啦！」我感覺臉頰熱得快要冒煙了。那是我人生中的恥辱、恥辱啊！「我尿急，要去上廁所！」說完，我立刻從那個壞心眼的教授面前逃走。

·第三章·

伍邵凱的兄長

臨走前，我瞥了阿關一眼，他正好抬頭看著我。
感覺他好像微微勾起脣瓣，露出了有點陰險的笑意。

・三・伍邵凱的兄長・

「死維爾森！臭維爾森！變態惡毒無聊又愛欺負單純少年的死法醫死教授……」

走在人潮擁擠的夜市裡，我仍不停的咒罵那個害我帥臉變成紅番茄的臭男人。

一看到廁所，我馬上拐進去，扭開了洗臉檯的水龍頭，開始拚命的洗臉降溫。一個大男生紅著一張臉走在夜市裡，不被人笑死才怪！

五分鐘過去了，體內憤怒得快要爆炸的情緒才漸漸平復下來。

關上水龍頭離開廁所，正準備回到剛才吃東西的地方時，遠方突然傳來了車子排氣管狂吼的聲響，令我腳步驟然停下。

猛獸般的怒吼聲，迅速引來眾人嫌惡的目光和低咒聲。

現在不知有多少年輕人自以為很屌，駕著排氣管被改裝後、發出吵死人的噪音的車子，討厭死了！

偏過頭，正想送那傢伙一個大大的白眼時，赫然發現那是一輛……野狼機車！

那是最新款的野狼，鮮紅色的外觀看起來酷斃了！我差點就要對著它吹口哨了。

不知怎的，這畫面看起來有點熟悉，彷彿我生命裡曾經出現過一個騎著野狼的傢伙，那個人……會是誰呢？

我杵在原地，開始打量那輛野狼上的主人。他是一個看起來很瘦，而且身高只有一百六十多的年輕人。把機車停妥，一拿下安全帽，我幾乎是立刻認出那雙冷漠的眼神！

他、他、他不就是下午喝止那幾個警察進一步傷害我的年輕人嗎？

呃，雖然在別人眼裡可能他是那種好管閒事的傢伙，但要不是他突然出現，說不定我將被那群火遮眼的警察圍毆。

怎麼說對方也間接救了我，所以我應該親口向他說聲謝謝才行。

邁開腳步，我朝那年輕人的方向走去。

不過，他看起來雖然沒我長得高，腿也不見得比我長，但走起路來卻像一陣風，沒兩下子已消失於人山人海的夜市裡。

我一直拉長脖子往前走，一邊找尋那個人的身影，卻徒勞無功。

好遜啊，怎麼連在夜市裡找個人都找不著？

我負氣的跺了跺腳，正打算放棄時，突然瞄見那個自己要找的人離開喧譁的人群，走進一個鳥不生蛋的陰暗角落。那地方沒有路燈，伸手不見五指，況且看不清楚裡面到底有什麼。

怪了，這人突然跑進去，難不成想找個無人的地方撒尿嗎？當這念頭在我腦海裡蹦出來後，我連忙甩了甩頭否決自己的猜疑。像他那種酷酷的男生才不會幹這種丟人現眼的事啦。

不過，在好奇心的驅使下，我雙腳不由自主的跟上去，一路來到一條窄小的走道。走道上有

・三・伍邵凱的兄長・

很多窟窿，我必須藉由手機的光線緩步前進。

兩邊都是傳出潺潺流水聲的溝渠，看起來很深，也很危險，而且岔路也很多。

走了百多公尺，前面有道圍牆堵住了我的去路，不……該說已經來到了走道的盡頭。我停下腳步猜測那傢伙到底拐進哪條岔路時，耳際卻傳來了不尋常的噪音……

正確來說是咒罵聲才對！

「臭小子！你活得不耐煩了是不是？」

「對啊，竟敢壞老子的好事！」

「多管閒事是嗎？那我們只好幹掉你，免得你跑去跟條子告狀！」

有人遇到麻煩了嗎？而且聽聲音，對方好像至少有三個人……咦？該不會是剛才那個年輕人被人搶劫了吧？他看起來瘦巴巴、短小精悍……咳！用錯形容詞了……總之這人看起來就是很好欺負的樣子。

由於擔心他真的被人做掉，我立刻朝向聲音來處飛奔而去，可是小路裡面好像還有小徑。這到底是什麼鬼地方啊？怎麼比迷宮還難走？！

急於救人的我，冒著迷路的風險周旋於這些小徑之際，那些人早已經開打了，而且還傳來了喝叱聲、哀號聲和痛苦的呻吟聲，希望那小子別是被揍的那個才好！

循著聲音來處跑去，我總算找到那群人的所在之處。放眼望去，果然看見那年輕人被四個男子團團包圍住，但他似乎沒有受到任何傷害，反觀那四人正氣喘吁吁的瞪著他。他們臉上紫一塊、青一塊的，看樣子好像被揍得很慘。

「剛才給的教訓，是出手太輕嗎？」

年輕人像頭整裝待發的黑豹，稍微活動十指的關節，看起來危險且威脅力十足，帥氣極了！

「哼！給我去死啦！」

那幾個豬頭……呃，被揍得很慘的傢伙「刷」一聲從身上抽出彈簧刀，怒吼一聲後衝向年輕人。面無表情的年輕人完全不看那些人一眼，他淡定的伸手抓住揮來的其中一條手臂，輕輕一扭，對方哀號一聲後刀子也跟著掉在地上，緊接著挨了一個迴旋踢後整個人摔在地面上，再也不會動了。

接下來，年輕人巧妙的弓下身避開另一人的攻擊，整個身體來個三百六十度旋轉，對方的身背挨了重重一腳，馬上趴倒在地。年輕人以膝蓋撞向他後腦勺，他馬上昏死過去。

剩下的兩個人來勢洶洶，同時撲向年輕人。他冷冷的勾著笑，快速跑向前方的圍牆，在圍牆表面踩兩腳後借力飛向其中一人。他身體在半空來個漂亮的回身後，再兩腿勾著對方脖子轉了兩圈，對方馬上飛出了十多公尺，當場被摔昏了。

以優美得讓人忍不住拍案叫絕的姿勢著地後，他再次衝向最後剩下的那個人，掐住對方的脖子用力摔在地上，當場把對方撞得失去了知覺。

前後不過才三十秒的時間，不，甚至更少，他已經把那四個手持武器的傢伙解決掉了！

我瞠著眼站在原地看著這場漂亮的戰鬥，方才意識到我的出現根本就是多餘的！不過，我好像見過某人用過這些招式……會是誰呢？怎麼完全想不起來？

「謝謝、謝謝你……」黑暗中跑出一個哭得稀里嘩啦的婦女，握著年輕人的手，心存感激的道謝。

欸？那不是便利商店的老闆娘嗎？難道……遇到麻煩的人是她？

不假思索，我馬上奔上前去喚了聲：「老闆娘！」

「啊，元澍！」

「老闆娘，發生了什麼事？妳怎會在這？」我把視線停留在老闆娘慌張的臉上，發現她臉頰腫了一塊，嘴角還淌著血，正驚魂未定的看著我。

「嗚……這些人跟下午那個被捕的少年是一夥的，他們說同伴被警察關起來，逼著要我賠償，還用拳頭和刀子恐嚇我……」她害怕得直發抖。

什麼世界啊，跑進民宅偷東西，同黨被警方逮捕了還敢來索取賠償？到底誰才是屋主啊？！

哼，我反倒覺得那個年輕人下手太輕了。換作是我，一定會拿石頭射他們小鳥，每隔半分鐘射一次，要他們痛不欲生、生不如死！

「既然有認識的人，那我先走了。」那年輕人淡漠的瞥了我一眼，稍微整理身上的衣物後，又像一陣風似的飄走了。

我和老闆娘回過神時，他已經不見了！要不是他剛才出手揍扁那幾個傢伙，我大概要懷疑他是幽靈了。

不過他身手真的很不賴，出手快且準，還有點狠……又有種似曾相識的感覺在我腦海裡翻攪著，我今天好像有點怪怪的。

「嗚嗚嗚……現在怎麼辦才好？他們醒過來後會不會繼續恐嚇我啊？」

老闆娘的哭聲，喚醒了正在神遊太虛的我。

「老闆娘，妳先別急，我幫妳通知警方，先讓他們過來處理。」

我掏出手機打電話給嚴克奇，簡略的把這裡的情況告訴他。雖然這種「小事」輪不到他來處理，但我就只認識他一個警官嘛。

「欸？你沒跟顧宇憂他們一起嗎？」電話接通後，聽筒傳來了奇怪的問話。

「我暫時跑開啦，怎麼這樣問？」難道你也跑來夜市湊熱鬧？

「剛剛局裡接到民眾來電，說你們家附近的那個夜市有人死掉。我才跟顧宇憂通完電話，原來只是昏倒而已，維爾森已經替他做了緊急處理，正在等救護車把他送往醫院。」

昏倒是嗎？夜市裡人山人海，又烏煙瘴氣的，身體稍微虛弱的人都有可能休克。

「你那邊我會通知附近的同僚過去看一下。」他繼續說。

「知道了。」

一掛線，手機又響了起來，是顧宇憂打來的。

「你又迷路了？」劈頭就是這麼一句。

喂，我一生下來不只是會迷路好不好！

沉住氣，我把剛才發生的事重複說了一遍，他要我哪裡都別去，待在原地等他。唉，今天真是個好事多磨的一天啊！

※……※……※……※

一個涼風習習的夜裡。

「快放下武器和人質！」

嚴克奇的喝叱聲，透過揚聲器傳進我耳裡。

「元澍，我要你記住，是你的優柔寡斷害死了自己的朋友！」

在一棵大樹上，魔女扯住了某人的頭髮。那個人雙手被繩子反綁於身後，臉上戴著面具，看不見其長相。但以對方的衣著來判斷，應該是個營養不良的少年。

繩子的另一端拴在魔女站立的那根枝椏上。這棵大樹對我來說再熟悉不過，不就是學校後山的百年老樹嗎？

此時，魔女高舉右手，只見一道銀光閃過，那個少年的頭顱馬上與身體分開，脖子上的切口頓時鮮血狂噴。那頭顱被魔女拎在手上，被繩子捆綁的身體則掛在枝椏上，隨風搖曳。

「不！伍邵凱！伍邵凱！」

熟悉的嚎啕聲灌進了我耳裡。

伍邵凱？不就是那個據說在後山意外墜崖的大一新生嗎？讀心理系的那個……頓了頓，我發現自己的身體飄在半空，把眼前發生的一切瞧得一清二楚。

把目光投向那個喊著伍邵凱名字的人時，我微微一怔，那不就是……另一個我嗎？

跟之前夢見自己身在密室時一樣，我就像是那空間裡多出來的異類一樣，在目睹著整個事發經過，但身體完全無法動彈，更別說開口說話了。

另一個我幾乎陷入了歇斯底里，發了狂的想要跳到樹上，但身後的警察開始朝樹上開槍，一旁的維爾森馬上拽著「我」趴在地上，以免遭到子彈射傷。

魔女拎著頭顱，轉眼間已跟一個身穿斗篷的怪人一起消失於黑暗之中。

我見過那個斗篷怪人。之前魔女在學校後山鬧事時，那個莫名其妙出現的斗篷怪人一直待在她身邊，看樣子應該是她的同黨。

唯他們倆的身分至今仍是個謎。

「喂！你們沒事吧？」嚴克奇跑上前來扶起「我」和維爾森。

「伍邵凱——」

「我」哭得稀里嘩啦的，幾乎想立刻衝去樹上抱住那具屍體大哭一場，但維爾森和嚴克奇硬是把「我」壓制在地上。

「元澍！冷靜一點！伍邵凱已經死了！」

「開什麼玩笑！他怎麼可能會死？怎麼可能？嗚……是我害死了他！是我！」

……

「嚇？！」我整個人猛地跳起身，發現自己早已經嚇出一身冷汗。

熟悉的氣味，熟悉的布景……這是我的房間。原來……我又做夢了。這一次，我居然夢見伍邵凱——那個似乎跟我沒什麼關係的同學。

房間裡黑漆漆一片，窗外的天空依舊布滿星辰，看樣子距離天亮應該還有一段時間。

抹去額上的汗珠，我發現上衣背後溼了一大片。有些疲憊的隨手脫去上衣，我打開衣櫃找件衣服套上。

衣服上柔軟劑的香味有效撫平我那慌亂的情緒。

薛秋突然死亡，已是兩天前的事了。

這兩天只要我一闔上眼睛，不但重複夢見在陌生人房裡發現有人要找我爸日記的紙張、在密室與顧宇憂爭吵，以及跟顧宇憂一起中槍等畫面，甚至剛剛我還夢見伍邵凱被魔女殺死的畫面。

怪了，那傢伙為了要向那棵百年老樹許願，才會意外跌死的沒錯吧？

該不會是魔女已經消聲匿跡了一個月，我開始有點想念她了？

幹！我幹嘛要想念她啊！她一出現，意味著災難又要開始了，我連求神拜佛都祈求神明「保佑」她永遠別在我面前出現！

……說真的，那丫頭說不定已經放棄逼我進行血祭了。我承認自己很渺小，在偌大的都市裡更顯得微不足道，即使成為魔人，也只能是最低級、最沒用的那個。也許她看清了這一點，很早就已經轉移目標了。那麼我身邊的人，再也不會受到死亡的威脅了吧？

這麼想著的同時，壓在心裡的大石好像有被搬走一點點的寬心感覺。

一放鬆身心，濃濃的倦意馬上來襲，抱著枕頭躺回床上，我才想繼續睡覺時，肚子卻有一下、沒一下的叫了起來。這聲音在夜深人靜的夜裡特別清晰易辨，甚至還成了干擾我睡眠的噪音！

揉了揉眼睛，有些不情願的爬起身，我打開房門打算到廚房找些東西來墊胃。

顧宇憂常常會在冰箱裡放些小點心或蛋糕，肚子餓時隨時可以微波一下拿來充飢。但我很懶，拿了塊不必加熱就能馬上塞進嘴裡的黑森林蛋糕，直接把身體倚靠在流理檯上津津有味的吃著，吃完還倒了一杯冰水喝。

打了個飽嗝，把沾了奶油的手洗乾淨，正想飄回房裡睡覺時，顧宇憂的房門突然打開，然後某個教授打著哈欠從裡面走出來。

顧宇憂也跟著一起出來，還隨手帶上了房門。

咦？這、這兩個傢伙……還沒睡覺嗎？而且三更半夜的從同一個房間出來……他們到底在裡面幹什麼？他們的關係，真的只是「老朋友」這麼簡單嗎？！

我同時瞥向客廳牆上的時鐘，發現已接近凌晨四點鐘了。

顧宇憂最先發現待在廚房門口發愣的我。他頓了頓，隨即又漾著慵懶的笑容問我：「你怎麼還沒睡？」

走在前頭的維爾森聽見顧宇憂這麼說，也跟著睜著睡眼惺忪的眼睛看向我這邊，然後馬上露出惡作劇般的笑容說：「喔？原來這就是你每天睡不醒的原因啊？半夜起來夢遊？欸，你夢遊時都在幹什麼？洗澡、如廁還是……」

「去你的夢遊！」我沒好氣的打斷他的話，「我肚子餓起來找宵夜吃啦！夢遊的人是你吧？三更半夜晃進別人的房間，嘖。」說完還鄙夷的瞪了他一眼。

「吶，阿宇房間的冷氣比較冷啊，做起事情來也比較有精神。」某教授一點廉恥之心都沒有，表情曖昧的勾著貓男的手臂說。

我壓根兒不想問他到底跟顧宇憂在房裡「做什麼事」！

「怎樣？你想進去的話，我想阿宇多半也不會拒絕你的啦。」

「喂你說話前到底有沒有先問過大腦啊？」還是那顆腦袋早就因為讀太多書而燒壞了？

一旁的顧宇憂沒興趣聽我們爭辯下去，面無表情的推開某教授的手，他來到廚房打開冰箱，開了罐咖啡慢條斯理的喝著。

咖啡？啊這人是不打算睡覺嗎？哼哼，要是哪天他被咖啡因毒死，我一點也不覺得稀奇，而且還期待這一天趕快來臨！

「你們聊吧，我睏死了，明早八點還得先去驗屍房處理一些報告。」那個多餘的傢伙又打了個哈欠，才拖著搖搖晃晃的身體回到自己的房間。

忍住想要踹他一腳的衝動，我轉過身回到廚房，想要向顧宇憂弄清楚伍邵凱的問題，不然我會以為是自己精神錯亂、記憶混亂。

「對了，那個心理系的大一生伍邵凱，是意外墜崖死掉的對吧？」

「怎麼突然提起這個人？」他品嘗咖啡的動作稍作停頓。

「沒什麼，感覺上自己好像認識他。」我道出心中疑問，原本想把剛才的夢境也說出來，卻覺得沒這必要而作罷，「你認識這個人嗎？」

「不認識。有時間胡思亂想，不如早點為考試做好準備。」把剩下的咖啡放回冰箱，他頭也不回的離開廚房，走向自己房間。

欸，這人平時不把咖啡喝完是不會離開廚房的咧！今天怎麼有點反常？我不禁要懷疑他在逃避些什麼……

「喂……」

抬腳追上前去，他卻毫不客氣的甩上房門，那該死的門板還差點打到我挺直的鼻子！不過，在他關上房門的那一刻，感覺一陣冷風打在我臉上，我身上的寒毛全都豎了起來。

原來維爾森不是瞎掰的，貓男的房間真的好冷！嘖，這房間能住人嗎？

沒好氣的翻了個白眼，感覺睡蟲好像又開始來襲了。放棄拍門的動作，我也回房繼續找周公幹架去。

※……※……※……※

翌日一早，我被冰山少年從床上拎起來。

抱緊身上的被單，睡眼矇矓搞不懂狀況的我，像隻無助的小狗般直接被某人拖到浴室，再打開蓮蓬頭沖了我一臉冷水。

「哇——好冷！好冷！」我冷得哇哇大叫。

「醒了？」平板的聲音，聽不出貓男情緒的起伏。

「我醒了啦、醒了啦！」說話時還不小心喝了幾口冷水，咳咳！

這傢伙不用睡覺的喔？我凌晨驚醒時，他不知在房裡跟維爾森幹些什麼「見不得光」的事，照理說應該是我拎他起床才對啊。

關上水龍頭，把蓮蓬頭放回原位，他拿了條乾淨的手巾把雙手擦乾，才滿意的回到廚房繼續做早餐。

我早上沒課，這麼早叫我起床幹嘛？他絕對有虐待美少年的傾向，而且還是很嚴重的那種！可以的話，我真想從背後偷襲他或掐死他，但他是個不折不扣的魔人，我可不想找死。拜託我才十八歲咧，連女生的手都還沒牽過，倒是被帥哥抱過很多次……靠！我又想到哪邊去啊？！

拿起牙刷，嚴重失眠的我渾渾噩噩的盥洗後，順手拿了條毛巾擦拭被某人澆溼的頭髮，才回到飯桌上坐下，繼續打盹。

「呼啊——累死了……」我不停的打哈欠，好想睡覺、好想睡覺、好想睡覺……

咦？我好像聞到了香噴噴的香腸……一睜開眼睛，發現自己差點從椅子上面摔下來。我馬上扶著桌子坐好，然後看見顧宇憂端出了兩個盤子輕放於飯桌上。上面有烤土司、香腸、煎蛋和煎火腿，還有蘑菇濃湯和現榨的柳丁汁！

「嘩——好豐富的早餐！」瞠著眼，體內的睡蟲馬上被我踹到天邊變成了小星星。好久沒吃西式早餐了，萬歲！

我毫不客氣的拿起刀叉，把整粒香噴噴的煎蛋塞進嘴裡。濃稠的半熟蛋黃在我嘴裡化開，帶點腥甜的味道頓時喚回了我的好心情。

「小心噎著。」顧宇憂動作優雅的在我對面的椅子上坐下，拿起湯匙喝著自己的濃湯。

「我食道大得很！」無視貓男鄙夷的目光，吞下煎蛋，我又攻向香腸，再來是火腿，然後像是想起什麼似的說：「對了，今天開始我會回去之前的便利商店打工……」

之前跟老闆娘說好三天後會去上工，今天已經是最後期限了，我幾乎快把這件事忘得一乾二淨了。

「不行。」他直接了當的打斷我的話，「雖然女凶手暫時沒動靜，但你也不能掉以輕心或離我跟維爾森太遠。」

這陣子只要早上或下午沒課，我也必須待在大學的圖書館虛度青春，直到顧宇憂或維爾森上完課，才載著我一起回家。

週末時，我還得待在維爾森的驗屍房裡打盹。

總之，這兩個人一直輪流把我當成公主來保護，不讓魔女有機可乘。

「那天你還不是把我丟在超市自生自滅？」記仇的我打算跟他翻舊帳，「拋棄我之前，沒聽你說不放心喔？」

「人多的地方，她不太可能下手。」他淡定的回應。

吼——死都要他答應讓我在便利商店打工啦！所以我打算使出渾身解數來說服他，拜託我可是答應了老闆娘咧！做人怎能言而無信呢？

「你放心讓我在街上亂晃，證明你也對我的身手有信心嘛。」我臭屁的笑著說，「不過啊，即使跟她對打，我也不是完全沒勝算。她只能迷惑人類心智，對於魔人的後裔，她完全沒轍。再說她都已經消失了一個月，說不定已經完全放棄了。」

「反正你也不缺錢，打工的事遲些再說。」他霸道的下令，一副沒得商量的餘地。

「誰說我不缺錢？」我差點就要翻桌了。

慵懶的笑了笑，他一副瞭然於心的樣子，大方的說：「我下午會匯一筆錢到你帳戶裡。」

我不是那個意思啦……怎麼感覺上我像個零用錢不夠用而鬧彆扭的孩子啊？

算了，既然他已下定決心的事，任我做垂死的掙扎也拗不過他，再吵下去只會因為說不過他而自取其辱。

忿忿不平的跺了跺腳，我咬著下唇說：「不過我已經答應老闆娘了，讓我去跟她說一聲也好，怎麼說也要親自去跟人家道歉比較有誠意。」

「等等吃完早餐我載你過去。」沒有露出勝利的笑容，他淡淡的回應，彷彿當我司機是理所當然的事。

「我可以自己騎小綿羊過去啦。」抗議！我又不是小學生，幹嘛上哪兒都要人載送啦，而且對方還是個木頭般的冰山！

「你樂於享受迷路的過程，還是發現屍體的樂趣？」眉頭一揚，他似笑非笑的說。

又在虧我了！在取笑我那天迷路迷到發現屍體是吧？可惡！最好別讓我逮到你的缺點，否則我一定會每天笑上一百回，即使笑死了也甘之如飴！

但，一想起他是個幾近完美的男人，頭腦好、人又長得他媽的好看，還能做得一手好料理……還有做事一絲不苟、辦事效率奇高、又是個連魔人都能被他當螞蟻捏死的人，而且是個深受女生歡迎的未來醫生時，我就感到沮喪不已，感覺自己被徹底的比了下去。

老天爺！你也太不公平了，把所有優點全集中於這個面目可憎的臭男人身上！

「知道了啦！」這麼喜歡載，給你載個夠就是，「要是遲到了可別怪我，哼。」

「沒關係，反正我今早沒課。」某人不以為意的說。

「沒課？沒課你這麼早挖我起床去學校幹嘛？！」我感覺自己被耍了，一張帥臉臭到不行。

「陪你去圖書館複習功課。」他想也不想的說，「我告訴過你了吧？快要考試了。」

誰說我要去複習功課啦？你能不能別擅自替我做決定？

這個自以為是的傢伙，實在讓人難以對他產生好感！

※　…　※　…　※　…　※

顧宇憂直接把車子停在便利商店前面，然後用眼神指示我趕快下車解決打工的問題。

做了好幾次深呼吸，我才解開安全帶，推開車門下車。

見我下車後，他從車子後座拿了一本筆記本，打開，開始專心默讀上面的筆記。汗，真是個分秒必爭的書呆子……呃，優秀生！

「歡迎光臨！」一踏入便利商店，櫃檯前的婦女笑吟吟的跟我打招呼。

咦？這不就是老闆娘嗎？那天臉上被打傷的瘀青還沒完全散去呢。

雖然已有心理準備她會自己顧店，但一想起自己那天答應得如此爽快，現在又臨時反悔，感覺好心虛。

「老闆娘……」怯怯的喊了她一聲，我才慢吞吞的走向她。

「咦？元澍！這兩天你都沒跟我聯繫，我以為你改變主意了。」她驚喜交加的離開櫃檯，來到我面前。

「呃……」抓了抓頭，我有些尷尬的鼓起勇氣說：「老闆娘，真的很抱歉，因為最近有點事，而且又要準備考試，可能暫時沒辦法來這裡打工，希望妳能見諒。」

還以為她會撕破臉皮轟我出去，甚至罵我沒信用或把她耍得團團轉什麼的，沒想到她非但沒生氣，還反過來安慰我：「沒關係、沒關係，大學生以學業為主是應該的。不過只要你願意，這裡的大門隨時都為你而開。人手的事你就別擔心了，我這裡臨時請到了人，況且我自己也會留下來熟悉店裡的運作，店裡暫時還不缺人。」

「這樣的話太好了！」沒想到問題輕而易舉就解決了，我那惴惴不安的心情頓時被一掃而空，整個人豁然開朗。

「對了，為答謝你之前在便利商店出了不少力，我請你吃早餐吧。你匆匆忙忙專程跑過來，一定還沒吃早餐吧？」她熱心的提出邀約。

「啊，別這麼客氣，我已經吃飽了。」我受寵若驚的搖搖手拒絕。

「那去喝杯茶，吃些小點心也好，這附近有家口碑不錯的蛋糕店噢。」她拉著我的手臂就往外走。

「呃……」盛情難卻，我不曉得該如何拒絕老闆娘。

「阿關！我出去一下，店裡就拜託你了！」來到門口時，老闆娘突然對著某個角落喊話。

阿關？就是店裡新聘請的員工嗎？

商架處某角落有個男生站了起來，朝老闆娘點了點頭。

・三・伍邵凱的兄長・

跟他四目相交後，我整個人錯愕不已。這、這、這人不就是那天在巷子裡譏諷那群警察的年輕人嗎？還有，同一天晚上在夜市附近空手打倒四個帶刀的小偷、救了老闆娘一命的人也是他！不過跟我重逢時，他倒沒什麼特別反應，只是用那雙寒氣逼人的眼眸隨意瞥了我一眼，就若無其事的蹲下身繼續忙他的事。

這裡的燈光充足，而且我們的距離很靠近，因此我總算把他的長相看得一清二楚。

他身材不高，但眉清目秀的非常好看，而且頭髮跟顧宇憂一樣是黑色的，額前的瀏海有點長，遮去了那雙毫無情緒的眼睛。

「他叫阿關，是阿凱的哥哥，剛從外縣回來。我跟阿關提起過你，但他說不認識你。」老闆娘拉著我走出大門，壓低聲量說。

咦？伍邵凱的哥哥嗎？難怪覺得他跟伍邵凱長得有幾分相似。之前報章刊登過伍邵凱的相片，那傢伙長得有點像女生，簡直可以用漂亮來形容。

像伍邵凱這種大帥哥死了我還滿幸災樂禍的，因為這世上少了一個帥哥，就相對等於少了一個情敵呀，呵呵。沒想到現在又來了個同樣長得很出色的哥哥，氣死我了！

「我也不認識他。」我連跟伍邵凱也不熟啊。

「前天他跑來問我關於阿凱的事，我才發現他是阿凱的哥哥，就順口問他有沒有興趣到店裡工作，沒想到他一口答應了。」一離開便利商店，老闆娘挽著我的手臂往左邊走去。

臨走前，我還透過玻璃門瞥了阿關一眼，他也正好抬頭看著我。感覺他好像微微勾起脣瓣，露出了有點陰險的笑意。

「欸？」一直走到看不見他的角度時，我才斂回目光，暗暗心驚自己是不是看錯了？

老闆娘拖著我越過兩間店面之後，我才發現顧宇憂還在車上等我。

原本想要藉此婉拒老闆娘的好意，沒想到連顧宇憂也被她拐到了那家蛋糕店喝上午茶。

大概聊了那天的竊盜事件後，老闆娘又提到了自己丈夫自殺的悲劇。

啜著咖啡，顧宇憂只是安靜的聆聽，偶爾動作優雅的拿起叉子吃著小碟裡的蛋糕。他完全沒有插話，也沒露出不耐煩的神情。

「在我丈夫的喪事辦完以後，我在老家那邊想了又想，一直奇怪我丈夫為何會留下電腦打字的遺書。」老闆娘喝了一口綠茶，眼裡寫滿了疑惑。

「現在科技這麼發達，依賴電腦的大有人在。」我不以為意的「剽竊」某人的話，雖然我也認為要自殺的人不可能還有心情打開電腦打字，再把它列印出來。隨便撕下紙張直接寫下那幾個字不會比較省事嗎？

「可是他是個電腦白痴，別說打字了，連電腦都不會開。說到打字和把遺書印出來，感覺好奇怪。」吃了一口蛋糕，她繼續說：「難道是拜託別人幫他印的嗎？那又很不邏輯啊，要是那人知道他要自殺，一定會設法阻止他或通知我才對呀。」

「咦？老闆不會用電腦？」我捕捉到了她話中的重點。

「對啊，他說自己都已經一把年紀了，那些科技的東西看起來很複雜，根本就不想自討苦吃。平時便利商店的帳，他都用帳簿記錄。」

「這樣啊……」這麼說來，那封遺書，很有可能不是便利商店老闆留下來的？如果那遺書是別人留下來的話，那麼他的死不就……還有安永煥和我爸也……

我猛地轉向顧宇憂，他仍一臉淡定的喝著熱咖啡。

隨口瞎安慰了老闆娘一番，我拉起顧宇憂匆匆向她告別。

一回到車上，我又重提了上次的問題──我爸也許不是自殺，而是被人謀殺的！說到被人謀殺，凶手就只有一人，那就是千方百計要我進行血祭的魔女！

「你聽見了嗎？她說老闆不會用電腦，那老闆是怎樣弄來那封遺書的啊？還有那個安永煥，說不定他不是被魔女迷惑心智才會燒炭自殺，而是被她殺死的！魔女殺死安永煥之後，再製造假遺書來掩人耳目……這麼說來，同樣燒炭自殺的我爸和便利商店老闆也……」

「我的答案依舊跟之前一樣，這些案子已經結案，你別再做無謂的猜測。」貓男的表情，平靜得教人忍不住想揍上一拳。

「可是你不覺得很奇怪嗎？魔女殺死我爸，說不定是擔心我爸阻止她的計畫，畢竟我爸的偵探社是以消滅魔人為……」我繼續道出心裡面的疑惑。

「驗屍報告，顯示那些屍體的確出現了一氧化碳中毒與缺氧致死的跡象，他們身上沒有外傷，完全沒有他殺的可能性。」

「但如果那個殺死他們的凶手是魔人、是那個魔女呢？」我有些動怒了。

「至少會留下什麼證據，但案發現場很乾淨。」他直接否決我的疑點。

雖然很不服氣，但我沒繼續爭辯下去，因為不管我說什麼，他決定否認到底就對了。感覺上他有點不對勁，卻又說不上來哪邊不對，因為那些反駁我的話都很有說服力。

是我口才比他差嗎？還是腦筋轉得不夠快？不行，我必須冷靜下來，想一想該如何證明自己的猜疑是正確的。把目光拋向窗外，我開始靜心思考。

見我沒說話，顧宇憂也轉回頭，集中精神專心開車。

·第四章·

不存在的記憶……嗎？

任何跟魔女有關的事，我應該記得很清楚才對，
為何這傢伙的死，我卻跟其他同學一樣被蒙在鼓裡呢？

・四・不存在的記憶……嗎？・

坐在學校停車場旁邊的樹下，我手上捧著筆記本，目光卻呆愣愣的看著偶爾有車子出入的校門口。

顧宇憂說，大一新生第一次期中考的難度雖然不高，但也別想要掉以輕心，免得被教授修理。我非常認同他的話，要是被教授罰抄考卷一百遍，抄到手斷就算了，還會在我大學生涯濛上陰影，也是人生中的一大恥辱！

被同學杯葛已經夠衰了，老天爺，拜託幫我去一去霉運，讓我的大學生活留下更多美好的回憶吧……不過，慘就慘在我完全無法集中精神溫習考試範圍，腦海裡盡在惦記著別的事！

伍邵凱這三個字一直在擾亂我思緒，自從早上在便利商店跟伍邵凱的哥哥，也就是阿關重逢後，這種感覺就越加強烈。

阿關幹嘛要對我露出那種令人毛骨悚然的笑容呀？害我現在想起來仍心有餘悸、心裡發毛。

另外，那些電腦打字的遺書也令我耿耿於懷，究竟便利商店老闆，甚至我爸或安永煥是自殺而死，還是另有內情？我想，只要能揭發其中一人是被蓄意謀殺的，那麼另外兩人的死因也就不攻自破了。

現在唯一能找到疑點的莫過於便利商店老闆的死因了，要怎樣循著現有的線索追查下去，對我來說是個滿棘手的挑戰。

最令我質疑的是，連我都看得出來的疑點，為何顧宇憂卻察覺不到？有兩個可能性，一是我比他聰明很多，但我很清楚自己的智商指數，所以我把答案壓在第二個可能性上面：顧宇憂刻意不去拆穿這件事，他很有問題！

沒錯，他知情不報，這意味著什麼呢？

至於那個伍邵凱，我到底認不認識他呀？幹嘛他的哥哥會對我怪笑？

抓了抓頭，思緒亂糟糟的我直接靠在樹身閉上眼睛，索性讓自己腦袋放空……對了，凌晨夢見伍邵凱被殺死的畫面，是在後山那棵百年老樹上面發生的吧？我記得它的樹根很像籠子，不可能認錯。

反正距離顧宇憂下課還有一個小時左右，來回那座後山應該不成問題。下定決心之後，我馬上把筆記本塞回背包裡。

站起身，背包裡的手機突然響了起來，是簡訊。

拿出那天險些被摔壞的手機，上面是顧宇憂傳來的簡訊：延遲半個小時下課，別亂跑。

延遲半小時是嗎？真是天助我也。這封簡訊，更是鞏固了我前往後山探險的決心！老天爺，你一定也發現自己最近待我太差了吧？那你就儘管贖罪好了，哈哈哈……

把手機收好，我立刻邁開腳步跑向後山。

・四・不存在的記憶……嗎？・

我無法清楚的記得前往那棵百年老樹的路線，不過那棵老樹長得很高，幾乎快要沒入雲端。從山腳下抬頭仰望，能輕易看見它挺拔矗立於山頂上的英姿。

「只要把那棵老樹立為目標前進，就一定能到達那邊。」沒有猶豫的神色，我馬上開始了登山行動，這一次，我非要打破迷路的詛咒不可！

感覺自己的運動細胞又回籠了，原來只要下定決心並勇往直前，一點也難不倒我。

不出半個小時，我已經征服了那些崎嶇不平的道路和長得比我還要高的野草，轉眼間已來到了那棵老樹下方。老樹一如既往，宛如後山的山神般佇立於懸崖邊，悄悄偷看了那些籠子般的樹根一眼，那頭行蹤成謎的狼不在裡面。

自從安永煥死了以後，魔女想必已經把狼帶走了吧。

鬆了一口氣，我躍到了樹上，憑著記憶找到那個伍邵凱被魔女殺害的枝椏。仔細觀察，上面的確有著被繩子勒過的痕跡，很淡，但不難察覺。

如果伍邵凱真的被綁在這裡，那麼斷頭的話會流很多血……我來到了下方的枝椏，枝葉上面有大面積接近黑色的深褐色液體，很明顯是已經乾枯的鮮血，最近沒什麼下雨，所以才能保存至現在。

心裡的疑惑更多了，他果然是被殺死的嗎？

回到樹下，下方的野草和泥土也有著相同的痕跡──已乾枯的血跡。

奇怪，如果這傢伙真的如夢境中被魔女砍死，為啥我卻全不知情？甚至還以為他在後山意外跌死……不，連新聞和同學也說他是跌死的……任何跟魔女有關的事，我應該記得很清楚才對，為何這傢伙的死，我卻跟其他同學一樣被蒙在鼓裡呢？不對勁啊……

不經意的看了一下時間，我發現顧宇憂差不多要下課了，要是被他發現我無視他的簡訊，隨便亂跑的話，後果一定很慘。

暫且放棄思考，我想要沿著剛才上山的路線往回跑時，赫然發現十步遠的距離外，多出了一個人影！我被嚇了好大一跳。

乍看之下，那個人長得跟伍邵凱有幾分相似。在我以為自己倒楣得連在大白天也會撞鬼，正想閉著眼直衝山腳時，才發現那傢伙不是伍邵凱，而是他的兄長阿關！

「阿關？！」我驚魂未定的喊出他名字。

那傢伙沒回應我，他把目光移向那棵百年老樹上面，像在喃喃自語，又像在尋求答案般吐出這句話：「是這裡吧，被殺死的地方……」

阿關的話令我錯愕不已，一時間忘了他是個大刺蝟，有些激動的走近他，想要確認些什麼，我問：「你說什麼？你也知道伍邵凱是被人殺死的？凶手是個女的對嗎？」

他是伍邵凱兄長，揭開弟弟死因也是天經地義的吧？如果連他也懷疑……那麼伍邵凱很有可能是真的被魔女殺死，然後……那幾個傢伙幹嘛要瞞著我？

冷冷的目光射向我的臉，他再度露出讓人害怕的笑容說：「你知道的還真不少。」

「你打算找出伍邵凱的死因對吧？」我進一步追問，「關於他的事，你能不能告訴我？只要你知道的，統統都告訴我！」

他直接無視我的問題，把目光拋向遠方，彷彿隔了一個世紀這麼久，還是抿著嘴不說話。

這人好奇怪啊，一點也不友善，而且好像在逃避我問題似的，完全不給我好臉色看。

我有些急了，他該不會懷疑我跟伍邵凱的死有關，才會這般敵視我吧？

「請問……我到底認不認識伍邵凱？感覺上我好像認識他，可是記憶裡卻找不到這個人……」不行，我一定要解釋清楚才行，「我只知道他在附近的山崖跌死，但……我卻夢見他被人殺死。我覺得很奇怪，才會親自來這裡查看。」

「這問題，你心裡面早就有答案了不是嗎？」淡淡的瞥了我一眼，他轉過身準備離去。

「阿關！」我急急叫住他，「你弟弟的死，我感到很抱歉，如果你知道些什麼，請一定要告訴我，因為我也跟你一樣，急於想要找出真相。」

冷哼一聲，他沒回應我，也沒停下腳步，朝另一個方向離開了。

目送他身影消失於前方的草叢後，我才意識到自己不想被剝皮的話，也是時候該回去了。

剛剛上山時，我已經用馬克筆在樹幹和石頭上面做記號，所以順利找到了下山的路，直奔停車場。

※……※……※……※

我又夢見伍邵凱了。

隔天一早醒來，我一睜開眼睛，思緒混亂的盯著天花板回想那些似曾相識的夢境。

夢境裡，伍邵凱騎著野狼載著我在馬路上狂飆，我們一起在便利商店打工、一起被黑道的流氓追殺、一起聯手打敗被魔女操控的戴欣怡學姊和劫匪……

到底是怎麼回事？我居然夢見自己跟那小子……難道這叫日有所思，夜有所夢嗎？汗，一大早就要為了這種事謀殺我的腦細胞。

我決定把自己抽離伍邵凱的問題，先想想如何虛度今天的青春吧。

桌上擺著顧宇憂做好的早餐，但他人已經不在了。

那是兩人份的三明治，各別擺在兩個碟子上面，我跟維爾森一人一份。盤子底下壓了張字條：冰箱有新鮮蘿蔔汁。

蘿蔔汁有點腥，我不喜歡。拉開冰箱，我為自己倒了一杯鮮奶一飲而盡。

某教授昨晚大概又熬夜了，今天睡得比我還遲，房門外還掛了個「非誠勿擾」的牌……去你的非誠勿擾！

要不是這傢伙在家，顧宇憂也不會放心出去處理偵探社的委託。為了維持家裡的生計，他看起來真的很忙。

話說貓男的效率真的很高，昨天早上才說會匯一筆錢到我帳戶裡頭，昨晚我剛好上網查詢銀行帳戶的情況時，發現裡面真的多了一筆錢。

這傢伙錢太多是吧？那我就不客氣，乖乖的收下囉，嘿嘿。

把杯子放在水槽裡，我伸了個懶腰後走出廚房來到飯廳。

今天是禮拜六，不用上課，終於可以放鬆一下……咦？把目光定格在某教授房門上那個「非誠勿擾」的牌子時，童心未泯的我突然手賤，很想去報復這個老是作弄我的大叔。

「非誠勿擾是吧？」放棄盥洗，我來到那傢伙的房門前用力拍門，但門板的另一邊一點動靜也沒有。手有點痛，我改用腳踢門，沒想到忙了老半天，裡面的人完全沒反應。

看來真的是睡死了！

·四·不存在的記憶……嗎？·

「死豬！」憤憤的罵了一聲，把心一橫，我決定連他的早餐也一起吃掉。「餓死你！」快速衝進浴室裡盥洗，我把自己那份三明治吃完後，肚子已經很撐了，沒事準備這麼多三明治幹嘛？那個貓男以為我們是豬喔？

不行，機會難得，我今天非要修理那個豬教授不可，絕對不能讓他好過！心裡已燃起了熊熊鬥志的我，從儲藏室找出了吸塵器，打算用吸塵器發出的噪音吵醒他。我開始打掃自己的房間，再來是客廳、廚房、飯廳。殊不知我都已經汗流浹背、快要累趴了，那隻睡豬依舊無動於衷，什麼人啊……

消耗大量體力的我感覺肚子又餓了，終於如願的把維爾森那份三明治裝進肚裡。心情大好的我正想把吸塵器收回儲藏室，準備到浴室沖個冷水澡時，不小心把目光停留在顧宇憂的房門上。

「冰山的房間……」

肌膚上仍停留著那冷颼颼的感覺，昨天凌晨站在門口看著他闔上門時，差點就被他房裡的冷氣凍傷了。我開始好奇那個人的房間是不是裝有三臺甚至更多的冷氣機？

有些鬼祟的來到房門前，我嘗試轉動上面的門把，發現他竟沒上鎖，意思是歡迎所有人到他房裡參觀是吧？

不假思索，我立刻把吸塵器搬了進去。當我目光一接觸書桌後那個快被書本擠爆的書櫃時，我整個人愣住了。再放眼打量這個黑色與灰色組成的空間時，我幾乎是直接退到了門口，直到整個背部貼上門板才停下腳步。

「這房間、這房間……」怎麼會這樣？

注視著那張熟悉的書桌，左邊果然有個垃圾桶，連顏色都一模一樣！那天的夢境裡，我就蹲在那張書桌前看著那張A4紙張——要找我爸日記的紙張……

「怎麼可能……」明明就不曾進來過顧宇憂的房間，為何卻會夢見這房間？

抱著吸塵器，拖著踉踉蹌蹌的腳步，我幾乎是立即逃出了這個小小空間，還不小心跟某個剛起身的教授撞在一起。

「呼啊……我說元澍啊，人家才剛睡醒，你能不能別這麼心急？」打著哈欠把話說完，他輕輕的從後方抱著我，下巴還擱在我肩頭上。

驚魂未定的我沒立刻甩開他，但語氣卻夾帶著少許慌張，「沒、沒什麼啦，你沒看見我在打掃嗎？」

「喔？你怎知道我喜歡會做家務的另一半啊？」下巴還在我肩頭磨蹭……

「喂，你到底睡醒了沒？」已經不止一次，我很想直接把這個人摔出去。

「醒了，你想幹什麼我都奉陪到底啊……」

「去你的！」一巴掌推開他的頭，我把吸塵器棄於原地，轉身回到自己房間鬧自閉。一屁股坐在床上，我還聽見維爾森碎碎唸的聲音，「咦？阿宇今早忘了做早餐嗎？」

聽見他這麼說，我應該要高興自己的奸計得逞，不過我的心思已完全被某人的房間佔據了。過沒多久，維爾森已經梳洗完畢並穿好衣服了，他毫不客氣的打開我的房門，探進頭來問道：「欸，餓不餓？先出去吃早餐吧，然後跟我一起去驗屍房，那邊還有一些收尾要跟進……」當他發現我還穿著剛才那件臭衣和短褲時，有些奇怪的皺起眉，「你幹嘛發呆？該不會……真的期待我會對你做什麼吧？」說完還拚命的忍住笑，肩膀一直抖啊抖的，就快要掉下來了！

這傢伙的人格好惡劣，可惡可惡！

丟了個枕頭過去，我打算來個無聲抗議，拉起毛巾直接走向浴室洗澡，一副「你要等就等，不等就先滾」的表情。而當我甩上浴室門的那一刻，卻聽見他輕笑一聲：「等學生洗澡是我的榮幸……」

變態！

※ … ※ … ※ … ※

前往附近一家常去的早餐店路上，維爾森仍在廢話連篇，把我當作娛樂消遣的對象。好後悔沒帶耳塞出來，要不手機的耳機也好，可以假裝聽歌。

我懷疑這個囉唆的大叔上輩子是啞巴，這輩子才會拚了老命的說話。

不過他的車速很快，不到五分鐘就抵達那家可同時吃到西式和中式早餐的餐館。由於價格公道、多樣化的選擇可滿足各階層人士，因此這裡的生意非常火紅。

顧宇憂沒時間做早餐時，我們都會來這裡解決或打包。

不去理會我那快要撐爆的胃，一坐下來，我叫了些點心，反正有人請客，不吃白不吃。

當我們點的飲料上桌後，維爾森沒再戲弄我，改口聊起了薛秋的驗屍結果。

「奇怪，看起來像是中毒的現象，可是卻找不到那毒從哪裡來，他身上沒有傷口，毒素就像從自己體內爆發出來似的，不曉得是否是已經變種的病毒呢？」一邊攪著自己那杯熱可可，他自顧自的思考起來，「但之前送院的那幾個都沒有生命危險……對了，前晚在夜市昏倒的那個市民，也被證實感染了病毒，就是那個傳染病的病毒。」

「欸？」我把椅子挪後一些。如果我沒記錯，那晚是他為那個市民進行急救吧？

「放心啦，我有魔人體質，百毒不侵。」他賊笑著壓低聲量。

「是這樣嗎？」我半信半疑。

「當然是唬爛你的啦，哈哈哈……」他笑得樂開懷。

……可惡！

「放心啦，只有抵抗力稍弱的人才會受到感染。」維爾森大笑著補充。

「那薛秋的變種病毒，又是怎麼回事？」忽略他的廢話，我這麼問。雖然只有幾面之緣，但我仍關心薛大哥是怎麼死的。

「那只是我的猜測而已啦，說不定薛秋的個案跟其他人不一樣，因為他看起來更像是中毒而不是被病毒入侵，目前是鎖定了一些可引發薛秋體內那些症狀的毒，但需要時間進行比對。希望不是變種病毒才好，不然整座城市可會爆發新的災難呢。」

又是病毒又是毒的，我都快被你搞亂了。

話聲一落，服務生已端來了我們的早餐。接過那個男服務生遞來的餐具，維爾森不忘送上迷人的笑容道聲謝，這傢伙……

「薛秋的是什麼樣的症狀？」白了他一眼，我像個無知的小學生繼續發問。

「神經系統麻痺、血液凝固、肌肉鬆弛，連心臟都麻痺了，不缺氧和窒息才怪。」他拿起叉子吃著生菜沙拉，有問必答。

「之前你說其他人也出現全身麻痺和血液凝固的症狀……」

「所以我才懷疑有可能是相同的病毒，但現在下定論還言之過早啦。」他笑著打斷我，「薛秋的那種是立即死亡的毒素。」

「那到底是什麼毒？」我也想買一些回來毒你。

他搖搖頭，「還不能確定，所以等等要回去繼續進行比對工作，找出最接近的毒源，再送去給專家做鑑定。」

真失望，還想說等一下要偷偷溜出去買呢。

話題打住，我們繼續吃著面前的早餐。可是不到一分鐘，某人又說話了，「那個薛秋，抽菸真是抽得有夠凶的，整顆肺都黑了，即使現在不死，再過幾年也會得肺癌喪命，而且整個肝也快要硬化了，嘖，喝酒的人就是沒什麼好下場。突然暴斃對他來說，也許是最安樂的死法。還有啊，他一定沒什麼吃蔬果，屬於那種酒肉一族，他的大小腸，嘖嘖嘖，宿便多得可以做成一個巧克力蛋糕了，你一定要去我驗屍房看看那些相片，以後就不會過那種不健康的生活了……」

他一邊說著噁心的話題，還一邊吃得津津有味，我都快要吐出來了！

「拜託你能不能別在餐桌上說這種話？」我臭著一張臉抗議。

「那沒什麼啊，你還沒聽過更恐怖的呢，上次解剖那個……」

「夠了！別再說了！」用力放下筷子，我立刻打斷他。

我發誓以後一定不會偷吃這個人的早餐，會遭到報應！

「我肚子不舒服，趕快吃完你的東西，我要去你的驗屍房上廁所！」我隨便掰了個藉口。

「廁所？我不認為驗屍房的廁所會比餐廳的乾淨咧。」他大惑不解。

「你那邊沒錢請清潔工喔？」我沒好氣的虧他。

「不是啦，我的意思是……那邊的廁所，可能會有人看著你如廁喔！」

我愣了一下，誰這麼變態啊……但想深一層，那邊是法醫的驗屍房，法醫的工作是解剖屍體，而最有可能出現在廁所的是……

我馬上爆出了一串髒話。

顧宇憂！你什麼時候才能忙完手頭上的工作啊？！再跟這個人講話，我大概會一時控制不住自己的情緒，又來個大暴走……

一抵達維爾森的驗屍房，我無力的來到他辦公室裡的沙發上坐下，滿腦子仍想著那塊宿便蛋糕，靠！

維爾森早就鑽進驗屍房忙碌去了，不曉得要忙到幾點，我打算繼續睡覺。週末嘛，得好好善用時間補眠才行。

才躺下來，那傢伙擱在桌上的手機突然響了起來。煩躁的爬起身，我猶豫著要不要把電話送過去給他時，卻基於他剛才那些話而卻步了。做解剖的房間，說不定有很多靈魂滯留在裡面。一想到這，我的雞皮疙瘩掉了一地，撿都撿不及。

嘖，我最近這幾個月見過太多屍體了，要是真的不小心被「纏上」，麻煩可就大了，拜託我已經夠倒楣了。

既然已經從沙發上站起來了，就索性晃到他辦公桌前查看是誰撥電話給他好了。若是顧宇憂或嚴克奇，至少我可以直接請他們稍晚再撥過來。

不過，那是一組陌生號碼，而且還不止打來一次。

吵死人了，我擅作主張的把手機設為靜音模式。如果是很重要的事，對方一定會直接撥他驗屍房的號碼吧。

正想回到沙發上躺下時，我突然眼尖瞄見右邊數下來第二個抽屜有半張白紙掛在外邊。這裡的抽屜全都被上鎖，那傢伙一定是匆匆關上抽屜和上鎖，才會一時大意未察覺有張紙跑出來跟空氣玩耍吧。

輕輕一拉，紙張馬上來到了我手上。也許這是他工作上的文件或報告，甚至是機密文件，我不敢貿然閱讀，想要順手把紙塞回抽屜裡時，卻看見了一行再熟悉不過的方塊字。

『尋找元漳日記簿。』

我整個人錯愕不已，這張紙，跟我在夢境裡看到的一模一樣！

現在到底是怎樣？又在做夢嗎？我用力的捏了自己臉頰一把，會痛咧，證明這裡是現實世界沒錯！

沒想到……沒想到這張紙居然出現於現實世界，難道跟伍邵凱的情況一樣？

我夢見伍邵凱在後山那棵百年大樹被魔女殺害，結果就真的在樹上和樹下找到了大量有可能是伍邵凱留下來的血跡；我夢見自己在顧宇憂房裡拿著這張紙，而這張紙現在就在我手上，一模一樣，連上面字體的大小和字型皆分毫不差。

我大膽的猜測，也許夢境裡的那些畫面是真的發生過，只不過不知何故，突然從我腦海裡消失……

忽然，我想起自己曾經在夜市碰過那個被顧宇憂奪走所有關於魔人記憶，以及體內惡魔被重新封印的年輕人，他說過的話也突然蹦進了我腦海裡。

——我最近記性不怎麼好，好像忘了很多事。

記性不太好是嗎？我立刻掏出錢包，找出那天他給的名片。

方皓益，香水促銷員？這工作讓男生來做，怎麼看都覺得很彆扭吧？但這不是重點！把那張紙收進錢包裡，我回到剛才的沙發上，從背包裡拿出手機，開始撥打名片上的號碼。

電話很快被接通了。

「方皓益？」

「我是，請問你哪裡找？」對方很有禮貌的回應我，那把溫柔的聲音很好認，絕對是一個多月前在夜市碰到的那個魔人。

「呃，我是元澍，就上次在夜市碰到的那一個。」我有些緊張的回應他。

「啊，我記得！」對方很快就想起來了，然後開心的接著說：「對了，我們之前是認識的沒錯吧？」

「其實我有些事想問你，不知道你方不方便？」迴避他的問題，我這麼問。

「當然沒問題，你什麼時候有空？一起出來吃頓飯吧。」他笑了笑，「既然認識，那就要常常聚一聚才行。」

「不、不用麻煩了……呃，我的意思是，我怕會麻煩你，所以在電話裡問就行了。」要是被貓男發現我跑去找這個人，一定會扒我的皮！

「一點也不麻煩，反正我在商場上班，一般十點才上班，明天是禮拜天可能會很忙，不如我們約在後天星期一早上九點如何？就在我工作地點附近。」

「呃……」我有些窘迫的想要拒絕，但低頭想了一下，有些問題，說不定面對面會比較容易說清。考慮片刻，我決定接受他的提議，「那好，下禮拜一就一起吃早餐吧。」

「好，沒問題！」他眉開眼笑的一口答應。

抄下他唸出的商場名稱與地址後，我小心翼翼的收進錢包裡，然後再思考如何在不被顧宇憂和維爾森發現的情況下，溜出去跟這個魔人見面。

可不是嗎？那兩個傢伙「收拾」過這魔人，若被他們瞧見我跑去找他，一定會對我興師問罪，說不定還會吊起來毒打一頓，再潑我鹽水……呃，我好像想太多了，總之不能被他們發現就對了！

但願我能從這魔人口中套取一些有用的線索，否則冒這麼大的險跑出去，可就得不償失了。

躺回沙發上，我把思緒轉到了顧宇憂身上。怎麼說魔人的實力應該勢均力敵才對，怎麼可能這傢伙能單手解決掉一個魔人呢？再者，他那種泰然自若的神情，彷彿這世上沒有任何事情難得倒他，強勢霸道、目中無人的性子，也道明了他的確跟別的魔人不一樣。

不動聲色時，他渾身散發著一股與生俱來的霸氣，一般的魔人跟他差距太遠了。

難道……他是等級比較高的那一個嗎？如果貿然跑去問他，他會誠實的告訴我才有鬼！說不定我可以從維爾森那邊下手……

等維爾森忙完工作上的事，已經是下午三點多了。

那張沙發睡得我腰痠背痛的，下次要叫維爾森買張大床放在辦公室才行，總不能要我這個發育中的少年一直睡沙發吧？會影響骨骼發展的咧。

「喂，問你喔？那個顧宇憂是不是很強？」一來到車上，我開始拽出已在心底盤旋已久的問題，「能獨自處理關於魔人的委託，不需要助理，看來他比魔人強很多。」

「怎麼突然問起阿宇的事呀？」他莫名其妙。

「就好奇吧，他是魔人對吧？」那天他都已經承認了。

「對啊。」某教授一臉肯定的點點頭。

「為什麼他能輕易制服別的魔人呢？魔人的能力不都一樣嗎？」

「……你見過阿宇制服過魔人？」頓了頓，他把視線移到我臉上。

「那次在商場的停車場，我看見他輕而易舉就制服那個在商場幹下多起搶劫與傷人案的魔人，前後不到一分鐘吧？」

「是你多心了。」伸手拍了拍我腦袋，他以開玩笑的口吻繼續說：「小子，人類也有天才和笨蛋之分啊，更何況是魔人呢。吶，如果每個學生都很會唸書，老師也會很煩惱喔，因為沒人在榜單上墊底啦，哈哈哈……」

喂，你就不能認真一點回答我的問題嗎？

「你說你看著那傢伙長大是吧？他是怎樣成為魔人的，這你一定知道吧？」我繼續套話。

「拜託～我離開A市時，他只不過是個十歲初頭的可愛小孩耶。」

「後來的事，他都會告訴你吧？你們一直以來都有聯絡不是嗎？」我大膽猜測。

「欸，幹嘛突然對那小子有興趣？我說你啊，別那麼貪心啦，有了我你還不夠嗎？」他用手指戳了戳我額頭，用溺寵的眼神看著我。

……送了他一個白眼，我自動忽略他那些廢話，繼續說：「他是我爸的助理，現在偵探社的事都由他處理，想要更進一步了解他也是合情合理吧。」

「又沒聽你說要了解我？」他沮喪的臉上帶著賊笑，根本就不打算回答我的問題。

他在故意隱瞞顧宇憂的事嗎？哼哼，不單是顧宇憂有古怪，連維爾森也很有問題！

不過，老天爺完全不給我機會追問下去。維爾森口袋裡傳出了手機鈴聲，打破車內「曖昧」的氣氛。

瞥了一眼來電者時，他克制住想要哀號的衝動，戴上了藍牙耳機接通來電，「嚴警官，找我吃晚飯嗎？可是現在還很早咧。」

我完全聽不見嚴克奇在說什麼，但目睹維爾森臉上凝重的表情時，心裡冒起了不祥的預感。

「……地點在哪？……好，我馬上過去。」一掛斷電話，他略帶不滿的咕噥：「最近天氣太熱了嗎？不對啊，秋天快要到了。」

「怎麼了？」我好奇心全被他挑起了。

「又有人莫名其妙的死在大街上。」

「又是警察嗎？」我心裡一陣緊張。

「不是啦，普通市民，中年人。」他突然緊急煞車，把車子停在馬路中央的雙黃線旁邊。

這畫面似曾相識。

「喂，你該不會又要……」違規駕駛直接衝過去對面車道吧？

我話聲未落，他已彈起了一個響指笑著說：「Bingo！」

接下來，偌大的休旅車以最快速度越過雙黃線，來到了對面的反向車道上。車水馬龍的道路上，許多車輛被維爾森突如其來的行為嚇了一大跳。

「看車啊……」在無數喇叭聲下，我捏了一身冷汗，低咒一聲。

‧第五章‧

大災難

完全沒有徵兆的病毒，令人防不勝防，也措手不及。
政府宣布進入緊急狀態，昔日熱鬧的A市頓時成了一座死城。

那是一條頗熱鬧的街道，警方已經在發現屍體的地方拉起了警戒線，民眾只能圍在遠處看熱鬧。之前我打工的便利商店就在這裡附近而已。

突然猝死的是個中年男人，身上沒有外傷，側躺於熱得可以拿來煎蛋的水泥地面上。不過他都已經死掉了，烤熟了大概也沒關係。

雖然握緊拳頭，但他的遺容看起來很安詳，跟睡覺沒兩樣。屍體旁邊有幾個超市的購物袋，裡面裝了一些日常用品、食材和水果等，相信死者是剛購物完來到這裡時，不知何故被死神勾走了魂。

一下車，我發現顧宇憂已經蹲在屍體旁邊，眼瞳泛著旁人不易察覺的紅光。我馬上會意，一定是貓男刪除了那男人生命中不好的記憶或死前痛苦掙扎時的記憶吧，他的遺容才會如此安詳。

刪除記憶呢，這傢伙能隨心所欲的刪除別人的記憶。要是哪天他做了壞事而被人揭發，為了自保，也能以這項特殊能力來撤掉所有對他不利的記憶吧？

「李法清，四十五歲，沒有明顯外傷。」抬起頭，瞳孔已恢復正常色澤的顧宇憂向維爾森這麼說，「不確定跟薛秋的情況是否一樣。」

「乍看之下的確只是一般突然死亡個案，只有靠解剖才能釐清他真正的死因。唉，看樣子這兩天又開不下來了。」維爾森可憐兮兮的扶著額頭，「是氣候太熱嗎？這幾天好像都沒什麼下雨咧。常奉勸民眾要多喝水，大熱天別在外面亂晃，他們就是不聽，看吧，現在知道後果了吧。這種漠視醫生勸告的人，最好給我下地獄去。」

他用腳尖推了推屍體的手臂，我才發現他剛才那番話是說給屍體聽的。

喂，人家突然死在大街上已經夠可憐了，你還詛咒人家下地獄？嘖！如果現在我手上有棍子，一定會毫不客氣的把某人擊昏。

「薛秋的驗屍報告還沒好嗎？」站起身，顧宇憂打斷他的碎碎唸。

「沒那麼快吶，再過幾天吧。這下可好了，薛秋有朋友了……」

「在病毒肆虐A市的這段期間，必須驗仔細一點才行，說不定兩人的死有共同點。」顧宇憂提醒某個只顧著廢話的法醫。

「放心啦，這種事可大可小，我會看著辦的啦。只不過接下來會忙趴，給我抱怨一下不行嗎？」維爾森訕訕的說：「吶，這幾天元澍要拜託你照顧啦。」

「我又不是小孩子！」我咕噥。

「咦，元澍，你也來了？」嚴克奇忙完手頭上的工作，走上前來湊熱鬧。

我聳了聳肩，露出一副「我也不想跟來」的表情，誰叫我必須在任何時候跟這兩個傢伙當連體嬰呢？命案現場，不管是顧宇憂還是維爾森都必須親自前來了解情況，連帶著我這個無關痛癢的人也要一起跑來跟屍體相見歡，害我看屍體的次數比看書本還要多，汗。

「喂，沒什麼需要檢查的了，把屍體裝袋，先送去太平間等候解剖吧。」嚴克奇招來同僚這麼交代，「這裡方圓兩百公尺的地方沒找到可疑的證據，看來突然死亡的機率很高。對了，這人也抽菸喝酒嗎？」說完轉向顧宇憂。

「身上和購物袋裡沒找到香菸，也沒買酒精飲料，可能沒有。」

「說不定他有心臟病或高血壓之類的疾病，去查一查他的病歷就行了喔。」右手做了個「勝利」的手勢，維爾森笑著插話，「安啦，過幾天我一定會交出漂亮的驗屍報告。」

旁邊來了兩個警察，手裡拿著黑袋向我們點了點頭。我們識相的退到了一個陰涼的角落，看著那兩個年輕警察處理那具屍體。

「對了，那個元澍的母親柯莉……呃……」閒來無事的嚴克奇把話說出口之後，才意識到我也在場。頓了頓，他有些猶豫的看了顧宇憂一眼。

「說吧，反正也是時候讓元澍知道了。」他完全不把我當一回事，嘴角噙著慵懶的笑意。

一聽見媽的名字，我整個人容光煥發，喜形於色的問：「是不是有我媽的消息了？」

「呃，也不算是好消息啦，我查到了她出境的記錄，她在九年前跟一個名叫文紹薇的少女出境到加拿大，記錄上是說她們已經移民到那邊去了。那少女據稱是她的養女，過後兩人就一直沒有入境記錄了。」

「已經移民了？找不到她們在國外的住址嗎？」我揪著他衣袖緊張的問。

「那是別人的地方，不在我們的管轄範圍之內啦。」嚴克奇一副「你是白痴，國內國外都分不清」的模樣。

「那是說沒辦法找到她們嗎？」我失望的垂下手。這麼說來，只要我媽一天不回國，我都無法見到她，除非飛去國外……對啊，去國外……

「……顧宇憂！」倏地轉向旁邊的紅眼少年，我想也不想就抓住他手臂，「帶我去加拿大，不管怎樣一定要找到我媽！」

「她們身在加拿大，未必不是件好事。」他不冷不熱的推開我的手，才接下去說：「至少她們的性命不受魔女威脅。我問你，要是讓魔女知道你還有個母親和姊姊，你認為她們生存的機率有多少？」

要是被魔女發現……她們大概也活不成了吧？貓男的話不是全無道理，可是我好想知道她們過得好不好啊……

去到洋人的地方生活一定很不容易，為何不留在自己的國家呢？難道，我媽在逃避些什麼嗎？是不想看到我？想到這，我快要被難過的情緒吞噬了。

嚴克奇見我哭喪著一張臉，趨前揉了揉我頭髮，微笑著說：「放心啦，等我們抓到那個女娃，事情告一段落之後，再去找她們也不遲啊。我認同顧宇憂的話，你必須先考量到你母親和姊姊的安危，你也不希望自己的親人出事，對吧？」說完，他目光殷切的看著我。

對啊，我已經失去老爸，不想再失去老媽了。雖然有點失落，但我清楚知道自己不能再任性下去。微微一笑，我溫馴的點了點頭，然後又想起一件很重要的事，「對了，你說我媽只帶了養女出境，上次顧宇憂不是說她還收養了個養子嗎？」

「這個我也不很清楚，沒有姓名和資料，很難調查咧。」嚴克奇面帶難色，用眼神轉向貓男求助。

我也跟著把目標轉向他，「顧宇憂，你不知道我媽養子的名字嗎？」既然知道對方的存在，不可能連名字都不知道吧？況且你還是當偵探的。

頓了頓，他直接了當的說：「不知道。」

不過剛剛那猶豫的神色，已被我瞧得一清二楚。

平時多話的維爾森在我們聊起這話題時，也出奇的安靜。怎麼感覺這兩個人怪怪的？對於我媽的事，他們是不是有所隱瞞？

我偷覷他們的表情，想要找出蛛絲馬跡時，另一邊突然傳來了驚慌失措的叫喊聲：「喂！你有沒有怎樣？振作一點啊！」

我們紛紛回過頭去。原本正要把已裝袋的屍體抬上黑車的年輕警察突然兩眼一翻，身體開始往後傾倒。旁邊那個跟他一起抬著屍體的警察慌張的大叫一聲，立刻撲上去查看同僚的情況，結果那個剛死沒多久的屍體就這樣「砰」一聲被摔在地上。

縮了縮頭，維爾森的樣子告訴我們，他在替那具屍體感到疼痛。

喂，死人還會有知覺嗎？我倒要懷疑你這個法醫是怎樣當的。

正在周圍辦公的警察也跟著衝上前去，救人的救人、救屍體的救屍體，看起來相當忙碌。

「嘖，最近警察的體質怎麼這麼差呀？」嚴克奇搖著頭，優哉游哉的走上前去抱怨。

維爾森聳了聳肩，若無其事的勾著我和顧宇憂的肩膀說：「都快要六點了，難怪這麼餓！阿宇，你那邊的委託也完成了對吧？走，一起吃飯去，先甜後苦啊。」一想起吃完飯還得熬夜工作，他看起來完全沒勁。

「有人病倒了，你不是應該過去看一下嗎？」我不禁要懷疑這個人的專業與職業道德了。

「看一下比較好。」顧宇憂同意我的話，也瞟了那個兼職教授的法醫一眼。

「哼，你們兩個什麼時候這麼同聲同氣了？」維爾森噙著笑，眼神在我和顧宇憂臉上打轉。

這死傢伙，又想到哪邊去啦？

才想說直接轟他一拳，沒想到那邊的嚴克奇面帶慌張的朝向這裡喊話：「維爾森！他好像停止呼吸了！」

「啥？」維爾森見情勢不妙，也斂起了戲謔的神韻，立刻走到那個昏倒的警察旁邊蹲下，揚起一隻手，「沒關係的人統統讓開，讓空氣流通！」說完，開始檢查對方的動脈，「心跳停止了！」話聲未落，他已開始跟那個警察進行人工呼吸。忙了大概十來分鐘，他整個人無力的跌坐在地上，大口大口的喘著氣，「怎麼死得這麼突然？」

一旁的顧宇憂馬上從口袋裡摸出一雙新手套，蹲下身開始檢查起那名突然死亡的新屍體。我不禁懷疑這人身上到底帶了多少手套？

「沒有任何徵兆，心跳就這樣突然停止了……不好了。」蹙著眉，他突然看向維爾森和嚴克奇，「是病毒嗎？說不定可透過空氣傳染……」他的話還沒說完，旁邊的人全都往後退開至少十步，然後直盯著剛剛才跟屍體進行人工呼吸的維爾森。

後者不以為意的哼了兩聲，一副置身事外的說：「我車裡有口罩，趕快去拿來戴上啦。還有旁邊圍觀的人，小心受到感染！」他那宏亮的聲音，馬上傳進每個人的耳裡。

我還沒搞清楚狀況，站在警戒線外圍觀的人群頓時臉色大變，立刻作鳥獸散。

嚴克奇更是不敢怠慢，幾乎是立刻衝到了維爾森車上，在後車廂找到了一箱口罩。我不由得目瞪口呆，這、這人是賣口罩的嗎？

拿了幾個口罩塞在我手上，嚴克奇急急的說：「趕快分給顧宇憂和維爾森，然後自己也要戴上！」說完，趕緊把口罩分給其他下屬。

那兩個傢伙手上都戴著手套，戴口罩的事必須由我來代勞。我有些笨拙的把口罩戴到他們臉上，自己也戴上了一個，才趨前去問顧宇憂：「你剛才的話是什麼意思？」

「一些病毒會透過空氣在短時間內散播出去，抵抗力稍弱的人將馬上被病毒攻陷，然後死亡。」維爾森代為解釋。

「就是上次說的變種病毒嗎？」能在短時間內秒殺人的病毒，聽起來比魔人更可怕，「那麼薛秋是不是也……」

「現在我也沒辦法回答你，說不定變種的病毒，將在人類體內自動形成毒素，導致身體的主人死亡，就像薛秋那樣。」

對啊，之前維爾森說薛秋體內有不明的毒素……這麼串聯起來的話，很有可能是這病毒造成的……這麼說來，這病毒將會造成死亡……

「喂，你也給我站遠一點，要是你直接死掉，說不定會被阿宇鞭屍喔。」

雖然隔著口罩，我仍聽出維爾森那惡作劇的口吻。

「省點力氣來擔心你自己啦，你剛剛才親了屍體耶！」真想撕爛他的口罩，讓他成為下一個屍體！

「呿，告訴你喔，我們的體質比一般人強多了，可沒那麼容易翹掉。雖然沒成為魔人，但要傷風感冒恐怕也不容易。」維爾森狡黠的笑了笑。

咦？是這樣嗎？也對，幾乎是從小到大，我都不曾生病過咧。

「病毒是嗎？」完全不把我們的口水戰放在眼裡的顧宇憂，憂心忡忡的盯著那個剛斷氣沒多久的警察，眼眸眨著不該出現於凡人身上的紅光。

淡淡的白煙開始從那名警察身上冒出來。這是我第一次在近距離看見這些白煙……不，應該是稱之為記憶吧？

原來這些所謂的記憶是類似已褪色相片般的畫面……這些就是即將被顧宇憂抽走的記憶吧？

「顧宇憂……」當那些跑馬燈般的畫面完全消失之後，我禁不住好奇的問他：「……你有沒有對我做過這種事？」

把問題拋出來之後，連我自己也嚇了一跳，我是吃了豹子膽吧？

「怎麼了？」

帶著紅光的眼瞳直視我，我反射性的別過頭去。

「不知道，總覺得……」算了，要是這座都市爆發出致命的傳染病或病毒，他們大概要忙翻天了，現在不是我問這問題的時候，「沒什麼啦，只是突然有感而發，隨便問問而已，哈哈哈！別放在心上喔！你們繼續忙啦，呃，我過去那邊等你們。」

我急急的站起身，來到一個無人的角落坐下。剛才站久了，腿有點痠。那兩個傢伙看樣子還要忙上一些時候吧？偷覷了遠處的貓男一眼，當我發現他並未因為我的話而露出困惑的表情時，整個人鬆了一口氣。

希望他別懷疑什麼才好。

把視線移開，我發現圍觀的人群已跑得差不多了。也許接近傍晚時分，附近的商店準備打烊了，路人也都忙著趕回家吃晚飯吧。

天色漸漸暗了下來，四周的路燈也開始一盞接一盞的亮了起來，霓黃色的燈光均勻的灑在有些冷清的街道上，帶來了一絲溫暖。

正想抬頭欣賞夕陽西下的美景時，我卻看見街道的對面路口，有道身影像是石化般的站在那邊。太陽的餘光灑在他身上時，在地面拉出了長長的影子。

他目光直直的盯著我……不，正確來說是鎖著那些正在忙碌的身影。

我一眼就認出了那對冷峻的眼神，他不就是阿關嗎？突然想起，他打工的便利商店就在附近而已，會出現在那邊也很平常吧？

他就一直站在那邊，冷冷的注視著這裡的每一個人。他也在好奇這裡發生了什麼事嗎？站起身，正想趨前跟他打聲招呼時，他卻邁開腳步朝向左邊走去，然後消失。

「欸……」

我想要喊住他，但跑沒兩步，卻被顧宇憂叫住了，「你要去哪裡？」身後隨之傳來腳步聲。回過頭，我看見他走近我，還瞟了我身後的街道一眼，「看見誰了嗎？」

「沒有啦，有點渴，想去前面的便利商店買點飲料喝。」我瞎掰。

「不用了，我們可以走了。」

他偏過頭，叫了正在找地方丟手套的維爾森，我們一起登上顧宇憂的車子吃晚飯去。

※　…　※　…　※　…　※

完全沒有徵兆的病毒，令人防不勝防，也措手不及。

一吃過晚飯，嚴克奇捎來了壞消息，又有五個市民感染類似的病毒，被緊急送往醫院搶救，幸好事後已被證實沒有生命危險。不過，亦有三個接觸過李法清屍體的重案組警察回家後突然感到不適，跟著倒地不起，直接死亡。

這麼說來，李法清的屍體很有問題。

那四具警察的屍體全被隔離於醫院的太平間，當中最為抓狂的莫過於維爾森了，直嚷著自己接下來兩個禮拜都別想排休了。

當晚，政府隨即宣布進入緊急狀態，大部分的學校和公司也暫時關閉。

這件事在民間引來了不小的恐慌，幾乎是沒人敢出來亂晃。接下來幾天，昔日繁榮熱鬧的A市，頓時成了一座死城。

以維爾森為首的特別研究小組也隨之成立，專門研究那些死掉的警察究竟感染了什麼樣的病毒，另外也成立了應對與研發抗體的小組。總之，相關的部門幾乎忙得不可開交。

好消息是，之前針對民間傳開的病毒研發的抗體已經成功了。受到感染的民眾注射抗體之後，身上那些麻痺與血液凝固的情況已開始好轉並痊癒了，經觀察後被證實已無大礙，獲准出院返回各自家中。

幸好接下來沒再傳出有人死亡的惡耗。

不過，針對薛秋和那些警察突然死亡的事件，維爾森那邊的團隊卻束手無策，完全檢驗不出個所以然。換句話說，他們體內的毒素仍無法確定是否如維爾森之前推測的那樣，是由變種病毒在體內自成毒素。

這天，當工作告一段落之後，維爾森一回到公寓，馬上告知其檢驗結果：「薛秋與另外四名重案組警察的死因都是一樣的，就我之前說過了，這些人體內存有毒素，不確定是不是那些病毒在體內自行產生的毒，繼而在短時間內導致他們的神經系統麻痺、血液凝固和肌肉鬆弛，然後停止心跳。說不定，城裡傳開的病毒，跟這些警察屍體內的是不一樣的，畢竟之前針對病毒而研發出來的抗體用在他們屍體上時，完全沒有反應。」

正好顧宇憂準備了晚飯，炒了幾碟小菜，所有人聚在飯桌旁邊吃邊聊。

「經過比對後，會導致以上症狀的毒共有兩種，一是被黑曼巴蛇咬傷，牠是非洲最毒的蛇類，牠會令你全身神經麻痺，然後呼吸困難致死。另一種毒是來自於一種叫做見血封喉的樹，會引發血液凝固和肌肉鬆弛的情況，造成心臟停止跳動。不過，這兩種毒都必須從傷口滲入體內才會毒發，可是薛秋和另外四個警察身上都沒有傷口。」像個餓鬼般扒了幾口飯，他這麼說。

「難道有人刻意把那些毒素滲入他們的血液甚至體內？」顧宇憂馬上猜到那邊去。

「好吧，假設有人以針筒把毒注入他們體內，但我已經仔細檢查過了，完全無法在他們身上找到任何針孔，我連他們的頭髮都剃光了來找，都找不著。」

我開始為那些死去的警察感到難過，死後還得變成和尚……呃，是光頭！

「不過研發部那邊已開始針對薛秋等人體內的毒素做血清以備不時之需。唉，希望在血清完成之前，千萬別再有人翹掉才行。嚴克奇那邊突然痛失這麼多下屬，真慘。」

「已經從別組調派人手過去填補空缺了。」顧宇憂回應了某法醫的擔憂。

「對了，還有一個傢伙，那個李法清的死因是心臟猝死，跟病毒或毒素的事無關。再說，他死前沒出現身體麻痺的情況。」維爾森補充。

貓男揚起了眉，問：「李法清是例外？那為何現場的重案組警察會出現受感染的情況，並且死亡？」

「我之前也跟嚴克奇討論過這件事，但他聲稱那幾個下屬在薛秋死亡時，也有去過現場，說不定是在那時候被感染的。另一項猜測，就是像你剛才說的那樣，有人刻意在李法清死亡現場趁機把毒素弄進他們體內，想要混淆警方的調查。不過，他究竟是怎樣把毒素弄進去呢……」

他們一來一往的談話，我只能呆愣愣的聆聽著。這種技術性的病毒或毒素什麼的，我不是讀醫科的，完全處於狀況之外。

「……如果那些重案組警察，包括薛秋的死是人為的話……」顧宇憂說完想了一下，像是想起什麼似的繼續說：「讓嚴克奇去調附近的監視器，看看有什麼可疑的地方。」

「喔，反正從多個角度偵察也不錯，還是阿宇你想的比較周到。」維爾森似乎驚訝於顧宇憂的提議。

顧宇憂沒回應他，開始拿出手機打簡訊。

※……※……※……※

在李法清死亡的十天後，A市總算恢復了正常的步調。

也就是說，A市的緊急狀態在十天後才宣布解除，除了十天不必上課、考試延期之外，我與方皓益的約定也跟著無限期展延。

緊急狀態解除的當天，剛好是禮拜天，維爾森必須留在驗屍房繼續跟血清奮戰。

一般人很難把法醫與研發抗體或血清這兩種工作聯想在一起，但那個維爾森卻擁有相關的能力，而且人家還兼職大學教授呢。

我不禁懷疑，這人的能力到底有多強？真是個謎樣的傢伙。

顧宇憂手頭上也需要處理偵探社的委託，大忙人一個。

在緊急狀態期間，我必須獨自待在家裡發霉，只能打一打遊戲機或睡覺來打發時間，連伍邵凱的問題都沒心情去思考。

這天，難得嚴克奇在禮拜天排休，他就自告奮勇說會保護我免受魔女逼害，帶我出去呼吸新鮮空氣。

嚴克奇嗎?不是我小覷他，如果魔女真的出現，說不定我還得分神保護他。但他堅持要扛下這個任務，顧宇憂沒反對，我倒是無所謂啦，總比待在空無一人的公寓好多了。

一起來到某家格調不錯的餐廳吃中飯時，他不知少了哪根筋，竟主動跟我聊起了魔人的事。

「從我祖父那一代開始，他就發現這城市多了一種跟人類不同的種族，叫做魔人。魔人的出現引發了一些社會問題，但他們的能力強大，警方根本就奈何不了他們。那時，祖父正好跟元偵探是鄰居，也是好朋友，兩人後來發展成了無話不說的知己。後來，在得知元偵探正是魔人的後裔之後，開始頻密的聊起了魔人在A市滋事的問題，結果兩人一拍即合，決定要祕密管制魔人的問題。」

「在很小的時候，我就一直聽我祖父和父親提起元偵探的事跡。他很強，非常非常強，可以赤手戰勝魔人!為了讓警方這邊比較好交代，元偵探就設立了偵探社，表面上是一般的偵探社啦，卻暗地理協助警方處理魔人的問題。」

「你身上流著元偵探的血，我相信你也跟他一樣強喔，以後一定可以跟顧宇憂一起攜手解決那些煩人的魔人問題，我看好你的!」旁邊的警官拍了拍我的肩，繼續說:「A市的和平啊，將來就落在你和顧宇憂身上了。說到顧宇憂那傢伙，他在很小的時候就跟在元偵探身邊，學習如何處理魔人委託以及跟魔人戰鬥，你好好跟著他學習準沒錯的啦。」

「很小時候？多小？顧宇憂跟我爸到底是什麼關係？」這是我一直疑惑的問題，卻沒人願意告訴我。

「這個我也不是很清楚啦。」

是我看錯了嗎？他好像有些心虛的看向別處。

「他從沒跟我聊起自己的私事，你也知道那傢伙對誰都很冷淡，很難相處。不想回答的問題，即使你問個十遍百遍，他也一樣不把你放在眼裡……」他巴拉巴拉的說個不停。

心裡有種很強烈的感覺，不管是顧宇憂本人，抑或維爾森、嚴克奇，他們看似有意避開我的問題。不過他接下來的話，我一個字也沒聽進去，因為窗外有個熟悉的身影走過……咦？那不是阿關嗎？

怪了，最近怎麼一直看到他？一看到他，腦海裡馬上浮現伍邵凱的笑臉。

最近我仍舊頻繁的夢見伍邵凱，幾乎一閉上眼睛就能看見他在我身邊走動。在夢境裡，我發現伍邵凱也騎著野狼，跟阿關一樣擁有快又狠的身手。怪了，感覺阿關就像是伍邵凱的翻版，即便是兄弟，也不可能這麼像吧？

目送阿關離去的背影時，不遠處忽然傳來了刺耳的尖叫聲：「有人昏倒了！」

嚴克奇幾乎是立刻衝出了店外，一邊哀號：「喂，我今天排休啊！」

我也不敢怠慢，追著他朝向聲音的來處跑去。

「說不定又是病毒在作祟了！」嚴克奇一來到那個昏倒的人身邊，馬上戴上口罩並驅散圍觀的人群，周圍頓時陷入一片混亂。

「元澍，快打電話給維爾森和叫救護車！」

「是！」我立刻掏出手機撥電召來救護車，再打電話通知維爾森。

把手機收回褲袋裡，正想趨前幫忙時，嚴克奇卻要我站遠一點，免得被病毒感染。要感染早就感染了，我可是魔人……的後裔咧。但我不想影響他工作，只好乖乖退到一邊涼快去。

殊不知才想說順便打簡訊通知顧宇憂又有人被感染病毒而昏倒時，遠處有人慌慌張張的奔向嚴克奇。

「警官！請問你是警官對吧？那邊好像也有人昏倒了，路人說有個警官在這裡，可以請你過去幫忙嗎？」

嚴克奇看起來很糾結，他很想過去幫忙，卻又不能把眼前這個昏倒的市民棄在這裡。要知道，被病毒感染可大可小，說不定會跟薛秋那幾個警察一樣死翹翹，因此附近根本就沒人敢靠近這裡，要找人幫忙談何容易。

「不如我跟他過去看看吧？」跑上前去，我這麼說。

「可是……」他一副擔心我出事的樣子。

「放心啦！」拍了拍他的肩，我笑著靠近他耳朵說：「我可是魔人的後裔喔。」那一瞬間，我感覺自己帥氣極了。

翻了個白眼，他沒有反對，卻也不忘叮嚀我一定要戴上口罩。

笑了笑，我轉向那個看起來驚魂未定的年輕人說：「麻煩帶我過去吧。」用力點點頭，對方轉過身往對面的街道跑去。

不過，在得知那個昏倒的市民是便利商店的老闆娘之後，我再也笑不出來了。看著她有些發紫的臉龐時，我心裡的警鐘大響，伸出有些發抖的手檢查她脈搏後，發現她已經斷氣了……

※　…　※　…　※　…　※

凌晨一點半，我和顧宇憂仍待在維爾森的辦公室，等候便利商店老闆娘，也就是鄧雪晴的初步驗屍報告。

「這是第一個被懷疑染上病毒死亡的市民。」顧宇憂環抱著胸，坐在維爾森的辦公桌上這麼說著。

對啊，第一個，而且還是我認識的人。一想起老闆與老闆娘這對先後離開這個美好世界的中年夫婦，我就心如刀割。

「……那個昏倒的民眾，因還沒注射抗體才會被病毒感染，但目前已無大礙。」突然推門而入的維爾森，打斷了顧宇憂的話，「不過鄧雪晴的情況，卻跟薛秋等人一樣，體內出現了不明的毒素。真頭大，現在不管病毒與毒素是否有關聯，我們必須催促那些還沒注射抗體疫苗的市民手腳放快一點，至少能多一分保障。」

他一臉疲憊的打了個哈欠，這才把一份文件遞給顧宇憂，說：「喏，初步的驗屍報告。」

翻開來看了一眼，顧宇憂順手把文件放在某人的辦公桌上。

「抱歉啊，要你們等我下班。」來到桌前隨便收拾一番，拎起了公事包，他繼續打著哈欠走向門口，看起來真的累垮了。

這時候，辦公室的門突然被人從外推開，那個正想要開門的法醫差點被門板撞上，幸好他閃得夠快，逃過一劫。

我有種幸災樂禍的感覺，也很可惜他沒能跟門板玩親親，不然也許能一掃我那悲傷的心情。

「你們都還在。」嚴克奇無視某法醫驚魂未定的表情，直接找到了顧宇憂。

「喂，有什麼事明天再說吧，再不回去睡覺，下一個暴斃的人會是我啊。」維爾森哀號。

「那天你要我調的監視器有線索喔。在薛秋、李法清與鄧雪晴死亡的現場附近，有拍到一個可疑人物，他在那些死者死亡的前後半個小時，分別在現場出現過。」不浪費時間，他直接從手上的公文袋抽出幾張相片遞給顧宇憂。

站起身，顧宇憂接過相片仔細端詳，我跟維爾森也好奇的湊前去看。

由於那是監視器的畫面，相片的解析度有點差，但不難發現那是一個年輕男子，個子長得不很高，髮型很時髦，而且……我似乎見過這個人好幾次！

我大吃一驚，一連退後了好幾步，聲音有點發抖，「……阿、阿關……」

經嚴克奇這麼一說，我倒想起自己無論在薛秋、李法清或鄧雪晴死亡前後，都見過這傢伙……這一切只是巧合嗎？雖然李法清被證實並非死於病毒，可是現場有個抬他屍體的重案組警察突然斃命，接下來，另外三個重案組警察當天返家後也……

「咦？你認識他？」嚴克奇很快就看出了我的不對勁。

張著嘴，我猶豫著該不該把事實說出來。要是說出實情，又會牽涉到伍邵凱那邊去，我擔心自己會忍不住質問他們關於伍邵凱的事。

「元澍，說實話。」顧宇憂帶著狐疑的目光盯著我，看得我渾身不自在。

無奈的嘆了一口氣，我只好從實招來。

「他叫阿闕，是伍邵凱的哥哥，目前在我之前打工的那家便利商店工作……」我把看見這人出現在哪些現場，以及那天在夜市救了老闆娘的事全盤托出。當然，我隱瞞了在後山那棵百年老樹下跟他見過面的事。

要是被他們知道我私自調查伍邵凱的事，不曉得會對我做出什麼事情來，我才沒那麼笨呢。做人嘛，有時候必須學會保護自己。

在聽見「伍邵凱的哥哥」這句話時，維爾森與顧宇憂的表情明顯愣了一下。

「怎麼了？」伍邵凱不能有哥哥嗎？我好奇死了。

「沒什麼，只是好奇為何會跟伍邵凱有關係。」顧宇憂的語氣聽起來有點敷衍，然後開始屏息凝神的思考。

「他……好像在調查伍邵凱的死因。」我這句話像是炸彈般，令那三個人不由得一怔。

「你跟那傢伙很熟嗎？」嚴克奇表情古怪的看著我。

我不明白，那眼神代表什麼意思？不過我很肯定，這三個人的表情很不自然，一副大難臨頭的模樣。

「呃，不算啦，那個人很不好相處，態度跟某個人一樣，真是有夠冷淡的。」說完，我還瞟了正在認真思考的顧宇憂一眼。

「那我去查一查這傢伙好了，他全名叫啥？」嚴克奇拿出隨身攜帶的迷你筆記本，再隨手從某人的辦公桌上找來一枝筆，然後全神貫注的盯著我。

「呃，我只知道他叫阿關啦，是從外縣來的，他的事老闆娘可能比較清楚……」說到這，我才想起老闆娘已經死了。

「這樣啊……」嚴克奇看起來很煩惱。

「把他列入警方通緝名單不就得了？」已經快要睡著的維爾森有些不耐煩的插嘴。

「但我們沒有足夠證據，貿然通緝他也太……」嚴克奇一臉為難。

我知道，你是好警察，不想冤枉好人。況且我也不願意相信這個曾經救過便利商店老闆娘的年輕人是壞人。

「到附近問問看，說不定有人認識他。」顧宇憂提議。

「對啊，他騎一輛最新款的鮮紅色野狼，而且很會打架，連我都甘拜下風。」我點頭附和。

「野狼？打架？」顧宇憂又拋來一個疑惑的眼神。

「怎、怎麼啦？」

「沒什麼。」斂回目光，他把相片還給嚴克奇，率先來到門口，稍微偏過頭來說：「回去吧，明天還得上課。」

「喂，能不能問你們一個問題？」我開口喊住了顧宇憂，也看向另外兩人，「伍邵凱真的……是在學校後山跌死的嗎？」

「你那天也親耳聽見了。」顧宇憂說完，打開門走了出去，走廊上傳來了他沉穩的腳步聲。

另外兩人上前來勾著我的肩，笑著問我是不是太累腦袋才會不清醒？然後，直接把我帶離辦公室。

看來又問不出結果了，這幾個傢伙……今晚怪怪的。

·第六章·

棋子

我要你成為魔人，也是為你好呀，
不然你只會一輩子被顧宇憂牽著鼻子走。

·六·棋子·

朝陽斜斜的從東方升起，宣布新的一天即將展開。

大家如常的上班、上學，整座A市又開始活躍起來，重現車水馬龍與人山人海的現象。

雖然昨天傳出便利商店老闆娘有可能死於病毒的感染，但這消息並未帶來太大的衝擊。畢竟對抗病毒的抗體已成功被研發，大部分市民已接受指示到醫院注射抗體。

笑咪咪的目送顧宇憂步上校舍的階梯時，我還向他揮揮手道再見。

顧宇憂有些疑惑的轉頭看著傻乎乎的我，他像隻懶貓咪般半瞇著眼，打量我是不是燒壞腦袋了，「鄧雪晴的死，對你打擊有這麼大嗎？要不要去看心理醫生？」轉過身，他抱緊手上的書本打算往回走。

「沒有啊，是你多心了啦。」我臉上堆著笑的否認。

今天凌晨一回到家，急於弄清楚真相的我迫不及待傳了封簡訊給方皓益，說想儘快跟他見面。原以為他隔天一早醒來時，就能看見簡訊並馬上回覆我，沒想到他竟還沒睡，還回撥電話給我，於是我們約在今早九點到他工作地點附近的早餐店見面。

不管是爸的日記或伍邵凱的問題，一定要儘早弄清楚才行，不然我將一直重複夢見那些奇怪的夢境。今天睡醒前，我甚至夢見自己不怕死的掀起顧宇憂的瀏海，發現他額上有個透著紅光的印章呢。

不知怎的，我有個很不好的預感，這兩件事感覺上都跟顧宇憂有關。夢境裡，我在他房間裡發現那張要尋找我爸日記的紙；而關於伍邵凱的事，也許跟可以刪除他人記憶的顧宇憂有著密切關係。若沒儘快解決這些謎團，我大概會真的瘋掉，然後得一輩子跟戴欣怡學姊一起被關在精神病院裡玩躲貓貓。

再說啊，這些問題一天沒解決掉，我也別想專心複習功課了。被延後舉行的考試，已定在下禮拜四開始舉行，我連一個字都讀不進腦，真是有夠糟糕的。

雖然此刻我在顧宇憂面前帶著微笑，實際上心裡面不曉得有多緊張。這貓男擁有細微的觀察能力，一不小心露出了狐狸尾巴，我就等著被吊起來拷問好了。另外，現在都已經快要八點半了，不曉得能否趕在九點前抵達與方皓益相約見面的地點。

「你的課不是在八點半開始嗎？趕快上去啦。」我出奇的友善。

「你也別亂跑，先去講堂待著。」

「是是是，別擔心我啦，掰！」我更加賣力的揮手了。

他沒說話，旋過身，一手搭著扶手開始爬樓梯。

在他轉身的那一刻，我看見他嘴角微揚，在微笑嗎？還是……沒空去揣測他為何難得露出好看的微笑，我立刻回頭選了條他看不見的路線，飛也似的跑向停車場，再衝出校園，火速到路邊等計程車。

瞥了一眼手錶，早上八點二十九分，我打算直接蹺掉早上的課，只要趕在中午前返回學校，就不會被貓男發現。

跟方皓益見面後，我打算回到老闆娘的便利商店看看，也許能遇到阿關也說不定。說到阿關，他到底在搞什麼呀？那幾個警察和老闆娘的死，到底跟他有沒有關係？

心裡這樣盤算著的同時，我已經攔了輛計程車。一坐進去，我馬上報出地址，還催促司機開快一點。

九點不到，我已經抵達那家商場附近。商場周圍是個頗有規模的商業中心，聽說這一帶晚上特別旺、人也很多。但現在時間還早，只有幾家早餐店在營業，看起來有點冷清。

方皓益約了我在其中一家早餐店見面。

輕易的找到那家店，我很慶幸自己的「路痴症」今天沒發作。一推開大門，我已經看見他坐在一張方桌旁等我。他特地選了個面向門口的位子，只要我一踏進店裡，他就能馬上叫住我。他這舉止非常貼心，也看得出他是個很重視朋友的人。對啊，好個溫柔貼心的男生……但只要成了魔人，就變成了暴戾嗜血的可怕傢伙。

當個普通人不好嗎？為何非得變成魔人呢？幸好A市有爸的偵探社，也有顧宇憂，不然我很難想像這座都市在魔人的肆虐下，將會變成一個什麼樣的地方？

說到顧宇憂這個人，有時候我實在很難弄懂他到底是敵是友……

「元澍！這裡！」方皓益的話，喚醒了短暫恍神的我。

「方大哥！」我馬上漾著笑走上前去。方皓益看起來比我年長，喚他一聲大哥比較禮貌吧。

一坐下，服務生馬上端來許許多多令人垂涎三尺的早餐。看來他在我抵達之前，就已經點了這些早餐。

「你應該還沒吃吧？來，一起吃吧，今天我請客。」他把多份早餐推到我面前，再一一介紹那些食物的口感與味道，「……這幾樣我朋友吃了都讚不絕口，你一定要試。」

「怎麼好意思要你破費呢？」其實我已經被某人餵飽了啦。

「反正都已經點了，就一起吃吧。」說完，他開始吃著自己的那一份早餐。

恭敬不如從命，我只好拿起三明治咬了一口，然後直接切入正題。

「對了，你那天說自己記性不怎麼好，忘了很多事，那是怎麼回事呢？」

「我也不知道。」吞下麵條，再喝了一口果汁，他才繼續說：「就覺得自己的記憶好像不怎麼完整，偶爾還會夢見一些奇怪但又好像很真實的夢境，但夢境的畫面都很模糊，而且一覺醒來之後完全記不起夢的內容。」

「那些夢，感覺很像自己失去的記憶嗎？」有種感同身受的感覺，可是我一覺醒來，那些夢境卻深深的烙在我腦海裡，而且畫面還無比清晰。

他的情況好像跟我的不太一樣，難道我的那些夢境，純粹只是夢境而已嗎？

「我也不確定啦，說不定我腦袋退化得比別人快吧，連夢境都記不來，所以我現在養成了寫日記的習慣，免得記性越來越差時，會忘記更多重要的回憶。對了，元澍，我們之前到底認不認識呀？」

當然不認識，我只是不小心看見你被貓男制服、封印體內惡魔和被抽走記憶而已——但這種事當然不能告訴他，要是他發起飆來，我可沒把握制服得了他。

「呃，跟你買過幾次香水，算認識吧？」我瞎掰。

「咦？原來你是我的顧客呀？」他驚訝萬分。

我卻內疚的摸摸頭，訕訕的傻笑。「對啊，呵呵……對了，你不打算找回那些失去的記憶嗎？」我好奇的問。

「那也是沒辦法的事啦，有時候別那麼執著，反而活得比較開心喔。」他露出燦爛一笑。

是這樣嗎？我很執著嗎？

方皓益這人很健談，跟我聊了很多關於工作和女朋友的事，直到快要十點時，才匆匆向我道別，跑進旁邊的商場準備開工。

目送他身影消失於商場的側門後，我也來到人行道上等計程車。

「還得去便利商店一趟……」

坐上計程車來到便利商店時，我跟鐵捲門打了個照面。

跟我猜的一樣，便利商店在老闆娘突然死亡後，又暫停營業了。這麼一來，我就完全斷了跟阿關的聯繫了。要怎樣找到這個人，弄清楚那些警察和老闆娘的死是否跟他有關呢？

「不然回去學校的後山看看吧。」

把心一橫，我決定再次到後山探險。唉，千萬別被顧宇憂逮到才好。

來到路邊等計程車時，突然來了三個年輕人站在我身後聊天。由於我滿腦子都在想著案件的事，因此也就沒去理會他們。

「喂，等等要去哪裡吃午飯呀？」身後傳來陌生的聲音，「唉，被關在家裡整整十天，我都快要悶死了。」聲音有點衝。

「現在不就陪你出來走走了嘛，不過真的沒關係嗎？那病毒不會傳染給我們吧？」

「我們那天一起去注射了疫苗，照理說應該不會有事的。」

「最好是這樣啦，怎麼突然出現這種致命的病毒呢？好可怕。」另外兩個男生在一唱一和。

「喂，別淨說這些掃興的話啦，病毒而已嘛，怕什麼？要不是我媽硬拉著我去注射疫苗，我才不管它咧。反正下午兩點才有課，先去看一場電影吧？午飯一點多也能吃吧？」聲音很衝的那個打斷另外兩人的談話。

另外兩道聲音，聽起來像是那種怕事的好孩子。

「也行啦，先看電影再吃飯。」其中一個這麼回答。

接下來，他們開始討論要去哪裡看電影、哪部電影比較值得一看。當看電影的問題定下來之後，那兩個怕事的男生又開始閒聊起來。

「唉，自從伍卲凱死了以後，講堂裡一片死氣沉沉的，真不想回去上課。」

「對啊，以前他最會搞氣氛了，而且長得賞心悅目、像花一樣的男生，比女生還漂亮咧。」

「喂，你暗戀人家呀？」

「才、才不是啦，他真的長得很好看嘛。不過，怎會莫名其妙跌下山崖呢？唉……」

「還用說，一定是那個元澍帶賽，害他也成了犧牲品！」聲音很衝的那個又再次打斷他們的話，憤怒的開罵。

接下來，他們三人開始你一言、我一語的數落我。

「對啊，之前大家見到元澍時都像見到鬼一樣跑開，那個伍邵凱卻不怕死的跟他稱兄道弟，結果連命也賠上了。沒想到這世界上真的有那種帶衰別人的掃把星。」

「他到底還想害死多少人才甘心啊？」

「就是，現在搞得校內人心惶惶的，擔心自己步上伍邵凱和那些女生的後塵。」

「話說真的沒辦法把他趕出學校嗎？我可不想死呀。」

「那你直接幹掉他就行了嘛，哈哈哈……」

「開什麼玩笑！殺人可是死罪呢。」

「那你就等著被他煞死囉。」

「都說了我不想死啊！」

他媽的，竟敢在光天化日之下講我壞話！我應該衝上前去送他們一人一拳，打得他們滿地找牙，卻因為「伍邵凱」這三個字而遲疑了。

這幾個同學也跟我一樣，認為伍邵凱是意外跌死的，連新聞也這麼報……不，該說全A市的人都認定了這個事實。

那麼，顧宇憂為何要對我隱瞞伍邵凱的死因？這是我百思不解的地方。

然後，身後的同學也跟老闆娘一樣，說我跟伍邵凱……難道顧宇憂真的奪走了我的記憶嗎？

是這樣嗎？

眼瞳閃著妖豔紅光的時候，就是魔人使用特殊能力的時候吧？我曾經夢見顧宇憂那隻紅色的左眼，在我面前閃爍著寶石般耀眼的紅色光芒。我遲遲不敢做出自己被顧宇憂刪除記憶的定論，是因為方皓益跟我做夢的情況不一樣，他一覺醒來，完全無法清楚的記得那些夢境，他的夢境非常模糊。

「咦？你不就是元澍嗎？呿，假裝不出聲在偷聽我們談話是吧？真沒品。」其中一個染了暗灰色頭髮的男生突然來到我面前，臉上掛著不懷好意的笑意，「不過被你聽見也無所謂啦，因為這些都是有根據的事實喔。」

聽聲音，他就是那個講話很衝的傢伙。

「喂，阿風，別隨便跟他講話啦，等一下我們也會跟著倒楣咧。」其中一個戴眼鏡的男生怯怯的來到他旁邊，想要拉著他掉頭就走。

「安啦，我煞氣很重的，鬼見到我都要繞路走呢。」他推開對方的手，繼續在我面前撒野。

那男生見說服不了他，只好跟另一個黑頭髮、看起很斯文的男生一起退後幾步。

那個叫阿風的同學繼續瞪我，並攤開手掌說：「上次伍邵凱拜託我做了一個彈弓給你，現在馬上還我。」

「彈弓？」我摸摸褲袋裡的彈弓，有些疑惑的退開一步。這個彈弓，原來是伍邵凱送給我的？怎麼可能……我跟他的感情有「親密」到他會送我東西的程度嗎？

「之前我是看在伍邵凱的面子上才幫他做的，現在他都已經被你害死了，快還給我，像你這種人，不配擁有那東西！」他踏前一步，咄咄逼人。

「不！」如果彈弓是伍邵凱送給我的禮物，那是我唯一能用來紀念他的東西。再說啊，有了它，我才能理直氣壯的跑去質問貓男啊。

沒錯，伍邵凱的死因，我已經決定要去質問顧宇憂了！

「喂，不還的話，可別怪我不客氣喔！藏在褲袋裡是吧？」阿風奸笑著逼近我，伸出手想要強行取回彈弓。

我直接扳住阿風的手臂，像警察捉賊那樣把它扣在其身後，痛得他哇哇大叫。

「我不想惹麻煩，更不想傷害你，總之這東西不能還你。」我冷靜的警告他。

「喂，你快點放手啦！痛死我了！」他氣得脖子都漲紅了。

一鬆開手，他幾乎是立刻退到了另外兩個朋友身邊，握著被扭痛的手臂惡狠狠的瞪著我，巴不得直接把我瞪死。

瞪我也沒用啊，沒把你摔出去已經很不錯了。

不去理會對方的怒目相視，我握緊褲袋裡的彈弓。我有更重要的事情要去做，那就是逼問顧宇憂！

沒想到阿風明知道跟我打架簡直是以卵擊石，依舊衝上來抱著我不放……可惡！我居然被維爾森以外的男人熊抱，恥辱啊！

「你們兩個快點上來幫忙啦！」正想給這條水蛭一個過肩摔，他卻在我耳邊喊話，害我耳膜差點破掉了。

「可是……」那兩個被點名的男生顯然聰明多了，他們唯唯諾諾的看著我，不打算上前來當砲灰。

「哼！」冷哼一聲，才想說出手教訓阿風，要他睜大眼睛看清楚我元澍可不是他招惹得起的人物時，他卻突然加緊手上的力道，勒得我差點無法呼吸。

「喂，阿風！給我……放手！」我有些艱難的吐出這幾個字，他卻無動於衷，力道大到快要把我的肋骨折斷了。

「想要過招嗎？」他忽然沉著聲音問我。

「要過招也要先放開我啊！」兩個大男生在大街上緊緊抱在一起，這話傳出去能聽嗎？！

幾乎是用盡力氣在他胸膛拐了一肘，他才稍微鬆開力道。我兩手立刻抓住他肩膀的布料，直接把他騰空拽起往前面摔去，「哼！去當空中飛人啦！」

已經好久沒用這一招了，還以為他會屁股落地，然後按著屁股哇哇大叫時，他卻單手撐著地面穩住了整個身體的去勢，然後漂亮的在空中翻了一個筋斗，像個體操選手般動作輕盈的著地。

我看傻了眼，這傢伙是真人不露相嗎？

很好，已經很久沒有跟高手過招了。我放下背包，把彈弓從褲袋裡取出，隨手抛向旁邊的大樹，彈弓馬上被樹頂的枝葉勾住。要想取回它，光會爬樹和克服懼高症是不夠的，要是一個不小心，可會直接摔下來。

小時候只要孤兒院的孩子想要搶走院長送給我的彈弓，我就會用這一招來擊退他們。

「來玩一場遊戲吧。」我自信滿滿的微笑，「誰能拿到上面的彈弓，那彈弓就歸誰的。」

「跟我玩遊戲？」阿風彷彿變成了另一個人，臉上掛著邪笑，「就這樣嗎？簡單！」說完便開始跑向大樹，像隻猴子般身手敏捷的攀著樹身往上爬。

我有些傻眼了，這人有受過特別訓練嗎？從來沒人爬樹能快過我咧！看樣子，是我過於輕敵了啊！

「休想得逞！」我腳尖一點，馬上攀著枝椏，再旋了個身，整個人已經站在那根枝椏上。

看著上方的阿風，我壞壞的拉他褲子，想要他在眾目睽睽下出醜、露出內褲。沒想到他卻直接用腳勾住了我的手，令我動彈不得。

伸出另一隻手，我攀住上方的枝椏想要抬腳踢他屁股，卻被他巧妙的避過，還差點扭斷我手腕。喊了一聲痛，我馬上鬆開攀著枝椏的手，同時抽回差點被折斷的手腕，整個人立刻從樹上滑落，差點就要屁股落地了。

怒吼一聲，我改變策略，再度來到樹上，打算從上方攻擊他頭部。沒想到他一邊穩住身體避開我的攻擊，還能繼續爬樹！他真是太強了，簡直是爬樹王啊！嗚，早知道就別挑釁人家了。

我氣急敗壞的在樹上跟他過招，還耍了很多陰招，但對他來說只是搔癢的程度……咦？等等！難道他是……

「你是魔人？！」我瞠目結舌的盯著他那猙獰的目光。

「啊，被發現了，所以那個彈弓我要定了！你的命，我等一下再跟你要！」說完，他出其不意的踹了我肩頭一腳。

我沒想到他會突然暗算我，整個人頓時失去了平衡往下摔去。這次我可沒那麼幸運了，整個身體呈大字形趴在地面上。有那麼一瞬間，我感覺自己呼吸停止了。

胸口好痛！不曉得肋骨有沒有摔斷！摀著胸膛用力呼吸，過了幾秒鐘，外面的氧氣才開始灌進我身體。咳了兩聲，嘴裡好像嚐到了鮮血的味道。拭去從嘴角淌出的少許鮮血，我好不容易才爬起身。哎喲……這還是我第一次從樹上掉下來。對方是魔人，我根本就毫無勝算啊。

已劃除障礙的阿風輕而易舉的拿到了彈弓，然後「叭噠」一聲把它折斷了。

「你……」愣了那麼一下下，我渾身上下頓時被怒火攻陷了，氣得七孔冒煙，「你為什麼要這麼做？！」

「為什麼？這樣子你才會氣得發瘋啊，我最喜歡看見你抓狂的樣子了，哈哈哈……」

怎麼伍邵凱班上有個如此變態的同學啊！早知道剛才馬上帶著彈弓逃走才是上策。

但是，現在逃走還來得及嗎？成功的機率大概很渺茫吧？阿風的表情告訴我，他除了要彈弓的「命」，連我的命也不想放過。但他為什麼要這麼做呢？就為了痛失伍邵凱這個朋友？這種一命換一命的想法，未免太極端了吧？

在還沒釐清腦子裡的想法時，阿風不知從哪裡抽出一把匕首，以風一般的速度來到我跟前，舉起匕首就想要刺進我的胸膛。

魔人的攻擊招招奪命，稍微分神就會身陷危機！我側過身避開那把匕首，很沒品的踹了他老二一腳，然後來到他身後補上另一腳，把他整個人踢趴在地上。

要是孤兒院院長看見我又出陰招，一定會拍案叫絕！

「你這個沒品的臭小子……」被暗算的阿風咬牙切齒的怒罵。

「吶，你剛才說我沒品，那我只好沒品到底了。」趁機奪下他手上的匕首，我馬上抵住他下巴，「東西都被你弄壞了，我們就算扯平了好嗎？你以後別再來找我麻煩了。」

其實我打算把這件事告訴顧宇憂，再讓強者來收拾他好了。嘖，我連樹都爬不贏人，還指望光明正大的打贏他嗎？這根本就是天方夜譚好不好！

「哈哈哈哈……」

遠方傳來了尖銳刺耳的狂笑聲，緊接著有個黑影從我頭頂上飛過。回過神時，有條穿著黑絲襪的美腿突然快速踹向我手上握住的匕首。要是被她踹中，阿風可是會馬上一命嗚呼！我立即把匕首拋向遠處，想要拉著阿風起身離開原地時，脖子卻被美腿，呃，是被小手勒住了。

那人身上散發著淡淡的香水味，長長的黑髮被迎面而來的風兒吹起，搔得我臉頰癢死了！

「魔女！」我能感覺到她指尖的指甲又長又尖，而且只要稍微用力，說不定就會馬上貫穿我的肌膚。

「元澍，好久不見喔，怎麼樣？這個見面禮還不錯吧？剛才有沒有摔疼哪裡呀？」

銀鈴般的聲音，喚起了我身上的雞皮疙瘩。

「原來妳還沒放棄！」我真是低估了妳的毅力！

「呵呵……我們怎麼可能放棄你呢？你對我們來說，是最特別的一個呢。」

特別妳的頭啦！像我這種資質平平的魔人後裔，隨便在大街上一撈，都能撈出一打來。

我正想叫阿風快點逃走時，他卻兩眼空洞的從地上爬起來，安靜的站在魔女身旁。瞥見眼前對魔女唯命是從的阿風時，我頓時恍然大悟，原來他跟戴欣怡和安永煥一樣，被魔女控制了心智！我就奇怪他一開始連鬆開我箝制的力氣都沒有，怎會突然變得這麼強？我早就該猜到這一方面去，然後直接把他擊昏帶走才對！

「妳別傷害其他人！」一想到她很有可能再次大開殺戒，我就不寒而慄。

我不想再看見有人為我而死了。

「啊呀，你是指這個把你踢下樹的人嗎？怎麼？你不想報那一腳之仇嗎？」她面帶驚訝的看著我。

前一分鐘我是非常想要這麼做，可是在得知他被魔女控制時，什麼氣都煙消雲散了。人家不是常說，不知者無罪嗎？

「剛才明明就能一刀殺死他的，為什麼心軟？」見我沒說話，魔女那漂亮的臉蛋湊近我，笑得好陰險，「嘖，你太善良了，看來得再好好調教你才行。」

「妳想幹什麼？」妳該不會又想逼我殺人吧？

「幹什麼？你明知故問嗎？最近那幾個傢伙一直把你看得很緊，害我都沒什麼機會下手，不過……幸好我夠聰明，用伍邵凱作為誘餌……」她故意不把話說完，似乎有意吊我胃口。

「為什麼突然提到他？」難道她也知道伍邵凱的事？

「那個顧宇憂，你以為他只是單純的想要保護你嗎？他也是魔人，難道你就沒懷疑他可能也只是在利用你，想要得到你的力量嗎？我說呀，你這個無知又傻乎乎的笨蛋，最近掉了很多記憶是吧？」稍微鬆開手上的力道，她嗤笑。

欸？她、她是怎麼知道的？我瞠目結舌的看著近在咫尺的魔女，好恨自己無法讀取別人腦子裡的想法。

「你還不懂嗎？那個顧宇憂擅自刪掉了你的很多記憶噢。」

「刪除……我的記憶？」果然是這樣嗎？我頓感晴天霹靂。

「看你一副無辜到想哭的樣子，我就不妨好心告訴你吧。」她一副奸計得逞的樣子，笑得好不開心，「知道伍邵凱是誰嗎？他是你在A市認識的第一個好朋友、好死黨，你們一起在便利商店打工，一起並肩作戰，當他的頭顱被我切斷時，你還哭得快崩潰了，所以顧宇憂決定把這個人完全從你腦海中刪除，還篡改了他的死法，不然你早就暴走成為魔人了。」

原來伍邵凱真的……是被她殺死的？夢境裡，看著那些與伍邵凱相處的模式與點點滴滴時，能感覺到我們之間的感情有多深厚、多親密，我一直以為那只是錯覺，沒想到……

瞠著眼，我眼裡漸漸被濃烈的恨意所取代。

「妳居然殺了我最要好的朋友！」我怒不可遏，「而顧宇憂擅自篡改了我的記憶……」

討厭！這兩個魔人就只會欺負我這個無能的魔人後裔！

「他的目的你還不清楚嗎？就是刪除一切不利於他自己或能刺激你變成魔人的記憶啊。你根本就不曾真正認識過這個人，他可是A市的危險人物呢。」

對啊，這人完全不肯讓別人走入他的心裡或生活，對我而言，他就像一個謎樣的魔人，無論做什麼、在策劃些什麼，都不肯讓我知道，甚至只告訴維爾森或嚴克奇，把我排除在外……

「告訴你，說不定你父親也是被他殺死的呢，因為他想要得到偵探社，想要得到對魔人的控制權。所以，元澍，加入我們吧，我們一定會替你找出殺害你父親的凶手，跟你一起對付他，替你父親報仇！」魔女笑靨如花的遊說我。

有可能嗎？父親是被顧宇憂殺死的？我震驚不已。不過，我也不能憑著魔女的片面之詞而認定貓男是壞人。

「我要你成為魔人，也是為你好呀，不然你只會一輩子被顧宇憂牽著鼻子走。」見我猶豫不決，她涼涼的補充。

「你們到底是誰？為什麼非要我成為魔人不可？」把目光轉向那張美麗的容顏，我表情嚴肅的問她。

「呵呵，你就只會問這問題……但我的答案永遠只有一個。加入我們，我才能告訴你。只要成為魔人，你就能擁有夢寐以求的強大力量，以後再也不會有人為你而死，而且還能為自己的父親報仇哦！」說完，她還揉了揉我的頭髮。

「放開他。」冷冷的聲音倏地從後方傳來。

嚇？！是是是顧宇憂！

不知怎的，看到他，心裡竟有那麼一點點的興奮和安心，這種信賴他、依賴他的感覺，不曉得在什麼時候開始建立起來的。不過，這次他做得太過分了，竟然奪走我許多記憶，這筆帳一定要好好跟他算一算……而且，我也不曉得該不該繼續相信他。

可是，他是怎樣知道我遇險的？

「果然是跑出來玩了。」顧宇憂嘴角噙著一抹笑，一副「你被抓包了」的表情，「早上在學校，就覺得你跟平時很不一樣。」

「你還真是無所不在啊，顧宇憂。」魔女冷著一張臉，咬牙切齒的瞄向他。

踏著貓一般的輕鬆步伐，他來到距離我們五步以外的地方站定，目光淡定的睨看著魔女，有禮的說：「第一次見面，幸會。」

喂，你在跟這個想要奪我性命的魔女禮貌個屁啊？

魔女也因為貓男紳士般的行為而微愣，在她未回過神以前，貓男又說話了：「你們到底是什麼人？為什麼要選上元澍？」

這問題你之前也問過戴欣怡學姊，你未免太過堅持了吧？

「等他成為魔人，我自然會告訴他。」面對半途殺出來的顧宇憂，她似乎有點不高興。

「那麼很抱歉，元澍是我的東西，妳必須先徵求我的同意。」貓男一如既往的淡定口吻。

啥？什麼東西不東西的，這人的說話方式真教人火大！

「能讓你活到現在，可不是因為我們怕了你，你別得寸進尺了！」魔女的聲音微怒。

沒想到魔女也會被貓男激怒，真教人大開眼界。

不知怎的，有種暢快淋漓的感覺在我心底炸開，好像有種扳回一城的感覺。這些日子以來，我真是被她折騰得有夠慘的。要不是自己落在魔女手中，我好想為顧宇憂拍爛手掌！

「這麼說來，我們算是談判破裂了。」他不把對方的威脅放在眼裡。

「少給我囂張了！你以為憑你一個人，會有勝算嗎？告訴你，我已經把你的所作所為告訴元澍了，到時候他會站在哪一邊，還是個未知數呢！」

她冷笑的看著自己手中的籌碼……也就是我啦。

「是嗎?那我可以省下跟他解釋的麻煩了。」

你能不能別這麼鎮定和自以為是，彷彿勝券在握的跩樣?嘖，連我都有點看不下去了。

「顧宇憂!她說的都是真的嗎?」我打算把問題一次釐清。

「大致上都算是。」沒有猶豫的神色，他輕輕點頭。

「連利用我這一點也是嗎?」

「沒錯。」

啊你能不能別這麼老實啊?先甜言蜜語哄騙我跟你一起聯手打敗魔女會死嗎?

該死的，我就是討厭顧宇憂這一點——太過於自信了!

「為什麼要這麼做?難道……真的想要得到我的力量嗎?」感覺自己好悲哀。

「隨你怎麼想。」

這答案真是有夠簡短的!

「喂，解釋一下不行嗎?拜託你別這麼懶惰好不好?小心我站在魔女這邊!」我威脅。

「我只是擔心你沒那種時間。」他看了一眼命懸一線的我，慵懶的笑了笑。

「也不差那點時間啦。」我快要徹底崩潰了!現在唯一能釐清的，就是這兩個人都想要得到我的力量吧?

「回答我，是因為我的力量嗎?顧宇憂。」我感到沮喪不已，輕聲問他。

「別把自己想的如此重要。」他不以為意的聳肩。

「你……」都什麼時候了還來虧我!我氣結!

眼前的魔女最先受不了，氣得大聲抗議：「你們到底有完沒完啊?」她轉頭對旁邊那個有些不在狀況的阿風命令：「給我拿下顧宇憂!免得他壞了我的事!把他重傷至不能動彈更好!」

「是!」忠心的點了點頭，他彎下身撿起地上的匕首，直直的攻向顧宇憂。

「顧宇憂!如果你敢反抗，我就殺了元澍!」魔女勒緊我的脖子，補上這一句。

「殺了他，就得不到他的力量了。」一邊輕鬆的閃避阿風的攻擊，他還一邊泰然自若的問她：「之前的那些病毒，也跟你們有關?」

「哼哼，我幹嘛要告訴你?」她恨恨的瞪著顧宇憂。

「那個叫阿關的人也跟你們狼狽為奸嗎?是他把那些毒素滲進那些死者的體內?」

「別想從我這裡套取任何情報!阿風!給我盡全力!」她氣炸了。

「我也不指望妳會告訴我所有的事，不過我要奉勸妳，即使殺死再多的人，也無法把元澍變成魔人，因為我一定會設法阻止他。」貓男的一字一句都是肯定句，彷彿只要有他在的一天，魔女的任何計畫都無法得逞。

好大的口氣！

不過話說回來，這是我第一次目睹貓男跟別人交手……他居然連打架的姿勢都該死的優雅！不，他動武時的氣質跟別人不一樣……那漫不經心的面具底下，不知潛藏了多少危險因子，對他出招簡直是死路一條！

此話怎說呢？在敵人攻向他之前，他彷彿能把對方的招式看穿。人家常說什麼見招拆招，他連對方的招式都還沒耍出就先巧妙的避開，再出招斷了對方的攻擊與後路、還以對方顏色。

至於他舞動身體時的旋律，感覺就像高貴的貓咪一般，不需要太大的動作，只需要輕點腳尖在別人面前轉來轉去，轉得我眼花撩亂，就能化險為夷……沒錯，看起來就像在跳華爾滋！一舉手一投足，都優美的令人移不開視線！

我應該要很慶幸自己從未跟他對過招，以他這種出神入化的身手，我根本就毫無勝算啊！

這時候，阿風舉起匕首竄至他身後，準備一劍刺進他後腦。他優雅的偏過身體，非但避開了危機，還送了對方力道十足的一腳。阿風整個人馬上像斷線的風箏般被一陣疾風帶走，撞上了剛才那棵大樹。

「喂！不是叫你別反抗嗎？！」魔女一副很想殺人的抓狂表情。

拉了拉襯衫的衣領，顧宇憂沒把她的咆哮放在眼裡，不慍不火的回話：「那要看妳有沒有這個本事。」

「元澍已經不再信任你了！」魔女繼續咬牙切齒吼道。

「這場遊戲還沒結束，還不知道誰會勝出。」貓男則是回以淡定卻超有自信的語氣。

「不愧是元漳的人，果然非同凡響。不過，總有一天我一定會讓你歸順我們的。」悅耳動聽的聲音自後方傳來。

回過頭，熟悉的俊秀臉龐馬上映入我眼簾。

「不過別忘了，顧宇憂，你的特殊能力在緊要關頭，完全無法派上用場。還有元澍，我要你記住，這些人都是為你而死的！」

像是來自地獄的聲音，令我心頭一凜。

他、他不就是那個自稱為伍邵凱哥哥的阿關嗎？原來……是個冒牌貨？他為什麼要冒充伍邵凱的兄長？！

「看到我很驚訝嗎？」拉起披在身上的斗篷帽，他好看的眼睛填滿了冷冷的笑意。

是、是那個披著斗篷的怪人！

「這麼說來，那些突然死亡的人，都是你一手造成的？」我恍然大悟。才想說伍邵凱的哥哥為何要殺死那些人，原來這一切都跟我有關，他跟魔女是一夥的！沒想到我又害死了這麼多條人命！那些重案組的警察……連老闆娘也難逃毒手……

「怎麼？你認為你能阻止我嗎？」陰森的聲音令我毛骨悚然。在我恍神之際，顧宇憂的胸膛突然多出了兩把刀鋒。仔細一看，剛才那兩個怕事的男同學居然冷不防的從後方突襲顧宇憂，他們手上的長劍幾乎全沒入了顧宇憂的身體，再從他胸前穿出……其中一刀，還刺在他心臟的部位！

顧宇憂瞠著眼，大概也沒料到這裡除了魔女和阿關，以及被撞昏的阿風以外，還有另外兩個可以被魔女操控的人類。

在完全沒有反抗的餘地下，他該死的被人暗算了！

雖然身為魔人，顧宇憂擁有自我修復的能力，但是連心臟被刺穿了也能自癒嗎？！即使從他臉上完全看不到痛苦的神色，可是當長劍從他身上抽出時，他身體一軟，搖搖欲墜的半跪於地。

「顧宇憂！」我大驚失色，巴不得衝上前去把那兩個傢伙踢飛。

「哼，這樣子你就不能阻止我了，哈哈哈哈……」魔女仰天大笑，「給我捅！捅得他完全不能阻止元澍進行血祭！哈哈哈……」

那兩人舉起長劍，再度刺進顧宇憂的身體，還一連重複了四、五次。殷紅色的鮮血從那紅眸少年身上的傷口汩汩流出，也濺了一地。

「住手！住手！」再這樣下去，他很有可能會失血致死啊！

雖然顧宇憂奪走我很多記憶，但我都還沒弄清楚他為何要利用我，可不想看見他就此死去啊！再說，要是他一命嗚呼，以後我哪來的壽司，甚至早餐、晚餐吃啊？

「給我殺了阿風，乖乖的完成血祭，否則我會一直在顧宇憂身上捅個不停，直到他身體無法自癒，哈哈哈哈……」

魔女的笑聲難聽死了！

顧宇憂伸出手撐著地面，不讓自己倒下。他默默承受著那些痛楚，但我無法從他臉上看見痛苦的表情，他在逞強嗎？

「顧宇憂！你快反抗啊！再這樣下去，你說不定會死掉啊笨蛋！」我心急如焚的吶喊。

「咻——」兩把刀鋒又從他前胸和腹部貫出。

「我說過我不會變成魔人的！」用盡力氣，我憤怒的朝向魔女咆哮。

「你確定自己還要繼續堅持下去嗎？」一直待在樹上看戲的阿關兩眼紅光一閃，那個戴眼鏡的男生手上的長劍突然「鏘」一聲掉在地上，然後他整個人跟著倒在地上抽搐了幾下，就一動也不動了。

喂喂，他該不會跟那些警察和老闆娘一樣死掉了吧？！

「住手！住手！」我快要崩潰了，嘶啞著聲音幾近絕望的怒喊。熟悉的力量又開始在我體內醞釀著，然後開始遊走至我全身細胞。

「給我殺了阿風！」抬高聲量，魔女咄咄逼人。

……那是我體內惡魔的力量在呼喚我嗎？有了這股力量，我就能阻止他們繼續殺人是嗎？

「給我力量，我需要力量……」六神無主的我，喃喃的重複這句話。沒錯，不能讓更多的人為我而死了，顧宇憂、阿風，還有那個黑髮的男生……

「……我可以給你力量……」陌生的陰沉聲音倏然在我腦海中響起，那聲音彷彿擁有迷惑人的魔力，**「獻上一個靈魂和一個軀體的鮮血，你將如願的得到我的力量。」**

這是我體內的惡魔在回應我的召喚嗎？

原來所謂的血祭，就是要為惡魔獻上一個靈魂和一個軀體的鮮血……所以我必須殺死他人才能得到他的靈魂和鮮血吧？

「只要殺死一個人，就能擁有惡魔的力量是吧？哼，那我就殺死妳好了！」我火焰般的眼神瞪向魔女，「惡魔你給我聽著，如果我落敗了，你就永遠別想出來！」

「遵命，主人。」那陰沉的聲音毫不猶豫的回答。

我體內頓時被貫滿了更多的力量，彷彿天底下沒有任何事能難倒我似的。

「元澍……冷靜下來……」

顧宇憂虛弱的聲音倏地傳入我耳裡，可是我已經召出了惡魔，再也回不了頭了！

以驚人的速度脫離魔女的箝制，我招招奪命的襲向魔女，看著她慌亂閃避我的攻擊時，心裡感到非常暢快。能掌握惡魔的力量真好！我要把顧宇憂剛才承受的痛楚，以百倍回贈予她！

抄起剛才那個眼鏡男留下的長劍，順便一腳踢飛那個送了顧宇憂很多窟窿的黑髮男，他馬上摔到了前邊的圍牆邊，然後倒地不起。

舉著劍，我瞄準魔女的要害就要刺下去時，阿關卻突然喊住了我：「元澍，你真的很想置顧宇憂於死地嗎？」

偏頭一看，他竟卑鄙的舉劍架在顧宇憂的脖子上，「你也不想看見伍邵凱的悲劇重演吧？」

毫無溫度的聲音在敲打我的腦門。

一個分神，魔女扯住我揮劍的手臂，直接把它擰斷。

「唔！好痛！好痛！」我整個人摔倒在地上，被折斷的手臂痛得我幾近昏死過去。原來骨折是如此的令人痛不欲生，下次我一定不會再隨便折斷別人的骨頭了！

但奇怪的是，感覺好像有東西圍繞著骨折的地方遊走，然後變形的手臂開始一點一滴的被接駁回去。雖然速度緩慢，可是已經不像被折斷時那樣痛得我死去活來。

「哼，居然想要殺我？你不想活了是吧？」魔女踹了我一腳，也同樣把身受重傷的顧宇憂摔了出去，然後惡狠狠的瞪著我，說：「殺死那兩個人類，否則我會繼續折磨顧宇憂！」

「我要殺了妳！」我怒喊。

「感覺渾身充滿了力量是吧？等完成血祭之後，你將能得到更多的力量喔。」蹲在我身前，魔女把玩著我的頭髮，尖銳的指甲刮得我頭皮發麻，「嘖，現在你看看你自己，連打敗我的能力都沒有，都自身難保了還想要救別人？我一定會讓你後悔莫及的！」

「妳這個惡魔！我要殺了妳……」我憤怒的重複這句話。

怎麼辦？我跟顧宇憂都身受重傷，能否逃離這裡仍是個未知數……不，顧宇憂流了這麼多血，也不曉得還活得成嗎？

緊急關頭，一輛熟悉的休旅車突然朝向我這邊衝過來，打斷我跟敵人的對峙。

魔女和阿關立刻退到了安全的地方，以避開那輛橫衝直撞的車子。

休旅車在我身旁緊急煞車。面對著我的後座自動門一滑開，裡面傳出了維爾森焦慮的喝叱聲：「快上車！」說完，他馬上踢開車門衝向顧宇憂，把剛好摔在旁邊的顧宇憂抓進車裡。

接下來，他還跑去救那三個男生。見狀，我立刻上前去幫忙扶起其中一人。

回過神時，魔女與阿關同時舉劍想要攻向我們，這時車內突然響起了槍聲，把他們逼得節節後退。

我大喜，原來嚴克奇也跟來了！

我跟維爾森很有默契的，立刻把人扛進了車裡。一跳進駕駛座，維爾森馬上一踩油門到底，休旅車的排氣管在發出巨大聲響後，火速離開這個危險的地方。

但魔女似乎不肯就此放過我們，只聽「咚」的一聲，她一口氣躍上了車頂上，接著是「嘶」的一聲，駕駛座上方突然刺出來一刀尖！

嚴克奇一緊張，對著車頂亂槍掃射，這才把魔女逼走了。

「我的新車！」車子的主人哀號了一聲。

「留得性命在，不怕沒新車開啊，老兄！」嚴克奇驚魂未定的看著被遠遠拋在後頭的魔女，有些同情的拍了拍維爾森的肩。

「給我閉嘴！」

成功甩開敵人的休旅車在公路上全速前進，直接回到了熟悉的公寓……

·第七章·

幕後黑手的身分

如果他是我父親，
要我變成魔人，是想要我跟他一起打天下嗎？

第一次看見顧宇憂像隻無助的貓咪般，蒼白著臉躺在床上安靜的睡覺。身上的傷痕雖然可自行修復，但幾乎快要流乾的血液可不能隨時要回來。

維爾森替他檢查傷口後，發現他一共被捅了十六刀，內臟幾乎都毀不成形！輸了兩大包血漿，才總算穩住了情況。

「放心啦，只要睡個一天一夜，大概就能像平常一樣用他優雅的毒舌繼續欺負你了。」見我憂心忡忡的盯著貓男時，維爾森笑著這麼說。

「不過，我看見他的心臟被刺穿了！」總覺得太不可思議了。

「安啦，只要不是純銀的武器，是殺不死魔人的。」

純銀？原來如此，這麼說來，魔人簡直是殺不死的怪物嘛，說不定被削了腦袋還能在大街上行走，嘖！

拋開心裡七上八下的水桶，我開始回想魔女之前的話……老實說，我已搞不懂自己該相信誰的話。魔女的指責，顧宇憂照單全收，在我面前大方的承認自己在利用我，這一點真教人氣不過。世上哪有壞人會坦承自己的罪行啊？但這傢伙就是跟別人不一樣，要我怎樣生他的氣、怎樣敵視他啦？

不過，現在最令我擔心的不是這個問題，眼前還有更可怕的衰事在等著我。

話說剛才替顧宇憂輸完血後，維爾森見我一直按住右手時，應該已經知道我一定是受傷了，連忙招了招手要我過去，準備替我處理傷口。

「是骨折。」剛才一直擔心那個死不去的傢伙的情況，我都差點忘記自己的骨頭斷了。

「骨折？你居然能忍到現在？你不怕痛死嗎笨蛋！」不等我走上前去，他幾乎是立刻站起身衝到我面前，可是在握住我骨折部位的那一刻，他有些錯愕的瞪著我，問：「你確定是骨折嗎？只是扭傷而已吧？不過扭傷也會腫起來或有明顯的瘀青啊。」

「剛才的確是被那個魔女硬生生折斷了，痛得我很想去撞牆咧。」我一臉肯定的說，拜託他別在這時候作弄我啦。

「是錯覺吧？哪有什麼傷啦？」他一副被耍的模樣，恨不得一口把我吞進肚子，「害我還擔心得要死。」他認真的模樣不像在惡作劇。

「一開始是很痛，可是後來好像沒那麼痛了，我也不確定從什麼時候開始不痛的。」連我自己也感到不可思議。

「元澍，你……到底做了什麼？」愣了一下，他突然神情嚴肅的看著我。

「沒、沒什麼啊……」幹嘛？你能不能別這樣「深情款款」的盯著我啊？

「你召喚了體內的惡魔是不是？是惡魔替你治癒傷口的？」

「召、召喚？」呃，算是吧。我把剛才腦海裡出現的陰沉聲音告訴了他，他先是大吃一驚，接下來簡直氣得直跳腳，一拳轟向我腦袋。

「臭小子！你到底在想什麼啊你！」

「幹——幹嘛啦！」這傢伙在發什麼飆啊？後來那惡魔也沒對我怎樣啊！

「你居然召喚了體內的惡魔，你……你大難臨頭了！」說完又是一拳。

「喂很痛啦！」我無辜的抱著頭跳開幾步，「要不是那樣子，就不能拖住魔女了，況且我人沒殺成，也沒進行血祭，你這麼緊張幹嘛？」

「召喚惡魔，利用了他的能力，他是不會放過你的！」

咦？是說不能隨便召喚體內的惡魔嗎？

「這、這話怎麼說啊？」察覺到了事態的嚴重性，我感覺背脊涼颼颼的。

「你記得自己以前中過槍對吧？」

剛剛在逃亡的路上，我把魔女的話一五一十的說出來，再追問維爾森，我是否真的被顧宇憂篡改了記憶。既然事情已經東窗事發，他和嚴克奇也就不再隱瞞，把所有真相說出來。原來我猜的那些都是真的，那些夢境的確是被顧宇憂刪除掉的記憶，連伍邵凱的死因也被他篡改了。

沒錯，除了刪除他人記憶，貓男也具有篡改他人記憶的特殊能力。

「阿宇跟我說，他第一次刪除你的記憶，就是你跟一群流氓在警局外交手的時候。那時戴亞爾用手槍射傷了你的肩膀，你憤怒的利用了惡魔的力量，差點就幹掉對方，那一次，你還差點召出了惡魔。可是當時你沒有口頭上的應允，所以那次不算召喚。不過，你卻利用了其力量來對付那些人，甚至治好了槍傷。」

我就覺得自己在那場惡鬥中應該有受傷的，原來那段記憶被顧宇憂刪除了。夢境的尾聲，我的確看見顧宇憂的眼瞳閃著紅光，然後我的意識跟著陷入了黑暗。

「這一次，你直接召喚了惡魔。隨意召喚惡魔，利用他們後卻沒完成血祭，他可以反噬你的身體，奪走你的靈魂和身體。雖然不曉得你體內的這個惡魔會不會這麼做，可是之前有過很多例子，很多魔人後裔把體內的惡魔耍得團團轉，結果反而被惡魔佔據了身體。所以，元澂，你這是在玩火！」

我不是在玩火，那時候我的確想要殺了魔女完成血祭，可是那女人太強了。反正都要殺人，當然是選自己想要殺的對象啊！

「那麼現在……」怎麼辦？要是被惡魔佔據身體……

「等阿宇醒過來，再跟他商討對策，反正你一定要有定力，別讓惡魔迷惑你的心智，再趁機把你生吞活剝！」

這傢伙的形容詞還真是……

把話說完，他像個懲罰不聽話孩子的父親般想要擰我耳朵，我馬上避開。喂，長這麼大還被人拉耳朵，很丟臉咧！

「不過，我們好像低估了你的能力。」維爾森收回手指，突然轉移話題。

「欸？什麼意思？」我最強的能力莫過於迷路罷了。

「一般來說，被阿宇刪除記憶的魔人，能殘留於腦袋裡的影像，是不可能如此清晰完整的，但你的卻不一樣。」他輕撫下巴，若有所思的打量我。

「咦？」我自己也感到錯愕不已。

「阿宇可以同時刪除或篡改人類和魔人的記憶，人類的記憶一旦被他刪除，將永遠在那人的腦海甚至生命中徹底消失。但魔人的話，有可能會殘留一些相關的碎片，偶爾會在夢裡出現，但零碎且模糊。沒想到你的卻如此清晰與完整的出現在夢境裡。」

維爾森的解釋，令我想起那個香水促銷員方皓益的話，他的確只能看見模糊的影像而已……

「說不定你的父親甚至祖先，是個不簡單的魔人。」他突然語出驚人。

但不管他怎麼猜，都已經死無對證了。我根本不曉得自己從父親身上繼承了什麼樣的能力。

不過，那不是我現在應該擔心的事。我不小心召喚了體內的惡魔……嗎？很好，我又再次惹禍了，人們常說一波未平一波又起，就是這意思吧。

吼~總之我身上的磁場，就是會吸引麻煩的那種吧?.現在單單用「倒楣」兩字，已不足以形容我目前的窘境了!

在顧宇憂的情況穩定之後，維爾森又往驗屍房跑了。我有點睏，也迷迷糊糊的伏在貓男的床沿睡了一下。可是一覺醒來，前面的顧宇憂還在睡。他該不會真的要睡一天一夜才會醒來吧?呿，又不是睡美人。不對，睡美人是要睡上一百年的!

打了個哈欠，我坐直身體，把注意力擺回眼前的惡魔……咳!是顧宇憂身上。

我記得曾經在夢裡見過自己掀起過他右邊那幾乎快遮掉他整張右臉的瀏海，瀏海底下的額頭有個透著紅光的印章，像是某種契約之類的證明或記號。

他故意留長頭髮，是為了要遮去那印章嗎?

話說，是不是每個已進行血祭的魔人都會擁有那……呃，記號呢?.不過我在方皓益或那個阿關的額上，卻沒見到類似的印章。至於那個魔女，由於她額前的齊瀏海連眉毛都遮住了，根本就看不見額頭……下回要記得掀起來檢查一下。

說不定魔人也有分等級，等級比較高的就會有印章……汗，又不是打電動，還分等級呢!不過我的確非常好奇，現實中的顧宇憂，額頭上是否真的有那印章呢……

想到這，我賤賤的手已來到了他額前，只要再前進一寸，就能確認那印章到底在不在……驀地，一隻強而有力的手突然握住我的手腕，阻止我繼續前進。躺在床上的那個人，緊閉的眼睛也倏地睜開，在閃著紅寶石般的光芒。

「嚇？！」我身體一顫，被嚇了一跳。

「想要幹什麼？」

那隻手很冷很冷，像剛從冰箱裡拿出來的雪糕一樣冷。我不由得打了個哆嗦。

「沒、沒有啦，只是想看看你有沒有發燒啦。」我咳了兩聲，連忙別開頭。早知道這傢伙這麼快醒過來，剛才就別蘑菇了，得趕快行動才行，嗚……

「你才發燒。之前你跟維爾森的談話，我都聽到了。」坐起身，他隱去眼瞳的紅光，看起來似乎點無奈，「發燒得跑去召喚體內的惡魔。」

欸？這人是在裝睡嗎？還是魔人的體質問題——雖然身體在睡覺，但意識依然清晰無比？呼，幸好我剛才稍微蘑菇了一下，不然被他發現我趁他睡覺時掀他頭髮，醒來後就有我好受了。

「你太衝動了。」他那寫滿譴責的眼神直盯著我看，還微微蹙眉。

「可是我不能眼睜睜看著你挨刀啊！」把話說完，我又咳了兩聲，我幹嘛要緊張這個傢伙啊？他說得沒錯，是我太衝動了，現在害得自己騎虎難下，不曉得該如何收拾殘局！

哼哼，說來說去我也是被他害的，要不是他被捅得那麼慘，我也不會氣得失去理智啊。另外，雖然明知道他跟魔女一樣利用我，但我卻無法生他的氣，還緊張他的生死，遜斃了！

不知道是不是我看錯了，我發現他又在微笑了，那不是慵懶、敷衍或惡作劇的笑，而是像發自內心的微笑……咳！我竟還有閒情去研究他的笑容！

「別以為我在擔心你！我只是不想讓你這麼早死，因為我都還沒問出你利用我的目的！」我有些窘迫的澄清。

「通常被利用的棋子不到最後一分鐘，是無法得知真相的。」斂起微笑，他不以為意的說。

我可以趁他現在身體還很虛弱時，狠狠的海扁他一頓嗎？

「不過能告訴你的是……」他邊說邊調整床上的枕頭，找了個最舒適的姿勢坐好，那模樣……真的好像貓。

「是？」我有點不耐煩，用眼神催促他。

「你沒猜錯，元先生是被人殺死的。」他語氣沉重的宣布。

果然是被人殺死的嗎？我激動得不能自已，「到底是誰殺了我爸？為什麼現在才告訴我？是那個魔女和阿闕對不對？」

「那是因為之前一直無法得到證實，直到發生了薛秋、重案組警察與鄧雪晴突然死亡的事件後，我才開始有了頭緒。元先生、便利商店老闆和安永煥的遺書，以及要找你父親日記的委託信，我和嚴克奇拿去化驗過，無論是紙張還是列表機的墨水，都是相同的。」

燒炭自殺事件，果然與我爸的日記有關嗎？

「這件事跟薛秋他們的死有什麼關聯呢？」我大惑不解。

「燒炭只是想誤導大家，以為他們是燒炭自殺而死的。實際上他們在死亡前已被製造成一氧化碳中毒的現象，兇手只是想令法醫相信他們的確是燒炭自殺，從而掩飾他殺的可能性。」貓男一點一滴的分析。

「啊，這麼說來，那個阿關的確是魔人，而他的特殊能力就是令人類體內產生毒素嗎？」我忍不住插話。

在逃離魔女追擊後不久，維爾森為那個突然死亡的眼鏡男進行初步驗屍報告時，的確得到了這個結論，即是體內擁有跟薛秋等人一樣的毒素。我記得他們被魔女操控前，聲稱已經注射了抗體，不可能受到病毒感染，除非……原來這一切真是阿關搞的鬼！他們又開始在我身邊殺人了！

這麼說來，在民間爆發的病毒與那些死者體內的毒素，果然是兩回事。那些毒素是人為的，也就是阿關的所作所為，以混淆警方的調查！

另外兩個逃過一劫的阿風和黑髮男，已經被嚴克奇送回家去了。據說他們醒來之後完全失去了那些攻擊我和顧宇憂的記憶，跟之前在牢裡自殺的那個劫匪一樣。

「沒錯，不必毒源，阿關就可以讓某個人身中劇毒而死。」顧宇憂拋來一個「你猜對了」的眼神。

我不由得捏緊拳頭，沒想到這一切又是為了要威脅我而設計出來的詭計！

「所以爸也是被人用這種方式殺死，再製造成燒炭自殺的現象……他們居然連爸也不放過！」我感到悲憤莫名，「為什麼……我的能力值得他們殺這麼多人嗎？到底是什麼樣的能力……」

「不過，元先生說不定假裝在這種情況下死去，所以大家才不會對他起疑。」顧宇憂突然語出驚人。

啥？你這話是什麼意思？什麼叫假裝死去？

「雖然很遺憾，但我必須讓你知道，策劃這件事的幕後黑手，有可能就是元先生，也就是你父親。」

這傢伙在胡說什麼啊？

「不可能！」我立刻跳起身否認。但我憑什麼否認呢？我連見上我爸一面或跟他相處的機會都沒有，根本就無從判斷他的為人。可是顧宇憂不一樣，他跟我爸相處了這麼多年……

「可是他都已經燒炭死了……」沉住氣，我有些不肯定的說。

「也許……他跟體內的惡魔立了血誓，再製造出自己自殺的假象。至於同樣製造出便利商店老闆和安永煥燒炭自殺的事，他可能想掩飾自己的罪行，讓大家以為他也是這些命案的受害人，才不會把這一連串的凶殺案懷疑到他頭上。」

「血誓，意思是可以擁有不死之身嗎？」但他死後的靈魂和身體必須歸予惡魔，這種誓約幾乎快被魔人忘卻，因為他們不想被惡魔吞噬靈魂與軀體，不想自己死後連渣都沒有！

「沒錯，那個穿斗篷的，說不定就是你父親。」

「阿阿阿阿阿關是我老爸？！」我差點從椅子上摔下來。怎、怎麼可能？他看起來這麼年輕！而且還長得很帥！

「別說把別人的手掌佔為己有了，他們說不定可換個頭顱或一副身體。與體內的惡魔立了血誓，他絕對擁有相關的能力可以這麼做。」顧宇憂加以說明。

「好可怕……要是阿關……我爸與惡魔立了血誓，那我們豈不是毫無勝算？」我心情複雜的驚呼。

聳了聳肩，他沒回答我。

「如果他是我父親，要我變成魔人，是想要我跟他一起打天下嗎？」小說裡的情節都是這樣寫的啊！把兒子變成跟自己一樣，再一起征服世界之類的。這麼說來，阿關的確很有可能就是我爸，而且這也能解釋他們為何非要把我變成魔人不可。

「這問題應該由那個魔女來回答你。」

欠扁的答案！

「喂，你該不會想利用我來消滅我老爸吧？」我心裡突然浮現這念頭。

「反正我說過了，不到最後一分鐘，你是不會知道自己被利用的原因與真相的。」

早知道剛才趁他昏迷時直接掐死他算了！悻悻然的轉過身，我沒興趣繼續跟他玩文字遊戲，累死我了！

「對了，元澍。」在我甩上房門的那一刻，他叫住了我，「我完全不清楚你父親日記的下落，所以別想從我身上套取任何與日記有關的情報。」

一定是維爾森發現那張紙被我拿走了，再跟他通風報信的。既然他刪除與篡改我記憶的事已東窗事發，他不打算繼續隱瞞下去了，對吧？

「知道是誰要找我爸的日記嗎？」回過頭，我也開門見山的問。

「那張紙是電腦打字的對吧？」

「沒錯……」我馬上聯想到了遺書，「你的意思是說……」對喔，他說那張紙和那些遺書被證實是出自同一人……

「剛剛我已經跟你提過幕後黑手的身分了。」把雙手環在胸前，他好意提醒。

照這樣推理下去的話，「是爸要找回自己的日記？」我半信半疑的問：「為什麼？」

「唯一能肯定的是，那本日記對他來說一定很重要，甚至有些不可告人的祕密。」

我突然把目光拋在他身上，「我爸……懷疑你偷了他的日記嗎？」

「我從沒見過那本日記。」顧宇憂語氣篤定的說。

這就怪了。

「呼啊——好累。」都快要天亮了，守了那傢伙一整夜，我剛才只是稍微小睡一下，就快累垮了。算了，這些事遲些再想，現在我只想好好睡上一覺。

我離開紅眸少年的房間，想要直接回到自己的房間休息時，卻看見嚴克奇與維爾森一起推門而入。同時，顧宇憂也正好拉開房門走出來。

「咦？你醒了呀？嘿嘿，難怪元澍會被你氣得衝出房間。」嚴克奇掩嘴偷笑。

喂，大叔你說話時能不能替我留點顏面啊？

「這孩子在你昏迷期間緊張得要死，問他要不要下樓吃個飯，他死都要守在你床前，等你醒過來。」

喂，你還說！你不說話沒人會當你是啞巴！

「誰在緊張他啦！我是真的不餓啊。」我立即反駁，好想上前去摀住嚴克奇那張臭嘴。

「那怎辦？我還打包了兩個人份的早餐。」

一看見那警官手上拎著的早餐，我肚子很沒骨氣的「咕嚕咕嚕」叫了起來，我記得自己昨晚擔心得連晚餐都沒吃。

我肚子的打鼓聲幾乎是立刻傳進了每個人的耳裡，我恨不得挖個地洞鑽進去躲起來！

「不餓的話，吃一點也好。」顧宇憂瞟了我一眼，直接走進廚房。

咦？你在替我找臺階下嗎？

「對啊，不吃的話會沒力氣睡覺喔。」維爾森笑了笑，也走去廚房。

這人到底知不知道自己在說啥啊？

「那個戴眼鏡的學生跟薛秋一樣，死了，然後體內出現相同的毒素。」維爾森這話是說給顧宇憂聽的。

「我們之前都把問題擺在病毒上，忽略了一個很重要的共同點。」顧宇憂打開冰箱，取了三罐冰咖啡出來，各拋了一罐給嚴克奇和維爾森，然後拉開自己那罐的拉環喝了兩口，才繼續說道：「死的那五個警察，包括薛秋，都來自重案組，也就是嚴克奇的屬下，他們之前都曾調查過戴家與女大學生連環命案。另外，雖然薛秋後來調職了，但他之前在重案組時也曾調查過黑道戴家的連環命案。」

「這麼說來……」嚴克奇恍然大悟。

「病毒是一回事，而那個阿關，也就是魔女的同黨，卻藉著病毒傳染開來的期間大開殺戒，所以我們才會誤以為那是病毒在作怪，不會懷疑到他們身上。在這起事件中唯一被殺死的市民鄧雪晴，是元澍之前打工的便利商店老闆娘，兩人也算是認識。」

「所以這確定又是魔女想逼元澍暴走的伎倆。」維爾森點點頭。

「然後那個叫阿關的……」顧宇憂把懷疑那傢伙是我爸的事告知另外兩人，起初他們也不肯相信，但顧宇憂的分析頭頭是道，他們不得不信服，決定暫時朝著這方向偵查下去。

「他們以為自己有十足的把握逼元澍成為魔人，才不再隱瞞殺死薛秋等人的事實，沒想到你們卻半途跑出來救走了我們。不過我相信他們一定不會就此罷休，接下來，他們一定還會繼續殺人。」顧宇憂補充道，「如果阿關就是元先生，那麼魔女到底是誰呢？……之前跟在元先生身邊這麼久，我完全沒見過那個女的，暫時無法確認她的身分。」他一副想不通的模樣。

「喂，該不會是……元澍的母親吧？」嚴克奇突然說了令人始料不及的話。

「我媽？！」不、不會吧？怎麼可能，俊男美女組合咧……

「你父親都能變成年輕小伙子了，沒理由你母親不能變成妖豔的小魔女喔？」

去你的妖豔小魔女！我差點就要對那個死警官出拳了。

「可是她已經帶著養女移居到加拿大了。」維爾森一副「不可能」的模樣。

「也許是我想太多了。」嚴克奇撓撓頭，「元澍，抱歉啊，懷疑了你母親。」

「唉，事情好像越來越複雜了。」維爾森無力的靠在流理檯邊。

「複雜嗎……」顧宇憂神情嚴肅的看著我，半晌又恢復了慵懶的神態，把喝完的飲料罐投進垃圾桶。接下來，他又從冰箱拿出另一罐咖啡走到了飯桌前。

這人的咖啡癮好像很嚴重，少喝一天會死喔！拜託，你剛剛才死裡逃生咧！

「你才輸了血，別喝這麼多咖啡啦。」我的手竟不聽使喚的搶走他手上的咖啡，再拉開冰箱把它歸位，換了杯果汁出來。

所有人都愣了那麼一下下。

啊——我到底是怎麼了？

「我、我才不是關心他啦，只是怕他不小心死掉了，偵探社的委託沒人處理而已！」低著頭顱，我再次回到廚房拿了碗筷，把嚴克奇打包的食物倒出來。

好香的牛肉麵！我迫不及待把牛肉麵推到了那個需要補血的人面前。嚴克奇和維爾森拚了命的忍住笑。討厭，笑屁啊？

接下我推過去的早餐，顧宇憂吃了兩口，又抬起頭問旁邊拚命忍笑的兩人：「昨天還有人突然死亡嗎？」

這人的問題好奇怪，好像死不死人一點都不重要似的。

不去理會他，早已飢腸轆轆的我馬上進攻自己的那一份牛肉麵。

「對了，你不問我也忘了告訴你。剛剛回程途中接到同僚的電話，半夜時死亡人數又增加了一個。」嚴克奇像是想起什麼似的說著，「是那個不久前才從魔女手中脫離險境的男學生貝偉成，黑頭髮的那個。他是在自己的臥室裡暴斃的，死亡時間是在我們送他回家後的兩個小時。他家人是在一個小時前叫他起床上學時，才發現他已經死亡。」

「嚇？！那那那個黑髮男？！」我差點噎住，「那個叫阿風的呢？」我快要緊張死了。

又死人了！又死人了！而且是個跟我只有一面之緣的傢伙！

「阿風沒事，不過也嚇得不輕。警方會派人保護他的，這一點你別擔心。」嚴克奇露出一個令人安心的笑容，然後拉開一張椅子坐下來，邊喝咖啡邊轉向顧宇憂說：「而且我們在貝偉成住家外找到了一本類似筆記本的簿子，紅色的封套，可是裡面是空白的，大概是有人不小心掉了筆記本吧。但我們仍會採集上面的指紋，進一步確認筆記本的主人到底是不是凶手。」

話一出口，我發現另外兩人身體一顫，然後互看了一眼。我不曉得那代表什麼意思，難道那本筆記本有什麼特別意義？

「怎麼了？」我好奇的問。

「沒什麼。」顧宇憂搖了搖頭，低頭繼續吃麵。

真的沒什麼嗎？我狐疑的看著他，卻沒繼續追問下去。

※……※……※……※

我悲慘的命運並未因此而停下，眼鏡男與黑髮男的死，帶給了學校不小的衝擊。正所謂人言可畏，也不曉得是誰先開始散播謠言，說那兩個傢伙是被我的霉運害死的，甚至大肆宣揚我是病毒的「帶菌者」。

隔天一早，拖著疲憊的身體與顧宇憂在走廊分開後，我發現在校園裡走動的學生好像減少了，連停車棚的車輛都比平時少很多。

懷著一顆忐忑不安的心情，我邊爬樓梯邊胡思亂想，該不會他們已經發現我召喚了體內的惡魔，為避免被我宰殺而集體不敢來學校上課吧？可是想深一層，這只是我杞人憂天的想法而已，他們怎會知道魔人或血祭的事呢？

不過，說到體內的那個惡魔……不曉得他是否如維爾森所說的那樣，最終將佔據我的身體與靈魂呢？但從昨早到現在，體內似乎沒發生什麼奇怪的變化，那陰沉的聲音也沒再出現過。說不定那惡魔跟我一樣，是個心地善良和單純的少年吧？因此，我也就不把他放在心上。

甩開腦海裡的雜念，我揹好背包準備繼續爬樓梯時，突然被一堵人牆攔住了去路。抬頭一看，他不就是昨天才剛從魔女手中死裡逃生的阿風嗎？他旁邊還跟了幾個對我露出厭惡眼神的男同學。

「元澍！你幹嘛來學校？」阿風劈頭就是這麼一句。

這學校又不是你的，我為啥不能來？

「你害死了伍邵凱，現在連阿勇和阿成也死了，你真是個掃把星！拜託你別再來學校害人了！」阿風指著我鼻子怒喊。

阿勇就是那個眼鏡男吧，阿成當然就是黑髮男貝偉成了，對於他們的死我感到非常抱歉，這件事的確跟我有著直接關係，但我卻不能把真相告訴他，否則一定會被全校學生的白眼射殺。

路過的同學被他的大嗓門吸引過來，統統圍在旁邊看熱鬧，還對著我指指點點、竊竊私語。

「我早就知道你會把這個病毒帶來學校，之前死的那些警察和市民也是被你害死的吧？！你是衰神轉世喔？」阿風身後的男同學也悲憤的指罵我，「先是伍邵凱……阿勇和阿成只是昨天在街上遇到你而已，卻也跟著遇害，現在還不知道阿風會不會也受到牽連！」

一時間要他們接受同班同學陸續離世的事實，任誰也無法適應。低著頭顱，他們的責備我照單全收，如果他們認為大罵我一頓、把怒火發洩出來後，心裡面會好過一點的話，我不介意挨打受罵。

「警告你，最好別再來學校害人了！否則，為了阻止悲劇繼續發生，我一定會殺了你！」阿風紅著眼眶指罵我。

「趕快滾出A市啦！」旁邊的同學附和阿風的話，紛紛起鬨。

「對啊！不然躲在家裡也好啊，別害人嘛！」

「就是，再這樣下去大家都不敢來學校了……」

「聽見了沒有？這裡不歡迎你！」阿風趨前戳我額頭。

在我以為他會繼續罵出更難聽的話，甚至揮拳打我時，旁邊突然傳來一陣驚呼：「啊！是、是學長！」

緊接著，阿風和那些圍觀的同學像是見鬼般，一下子全散開了。

不必回頭，我已經感受到了某人冰冷的氣息，周圍的溫度也跟著下降。下一秒，感覺衣領被人拎起，帶著我繼續爬著眼前的樓梯。

像個布偶般，我只有任人擺布的分。

「難受的話，可暫時不必來學校上課。」顧宇憂直接把我帶進講堂，然後轉過身這麼說。

「反正待在家也沒事做，悶死了。」負氣的坐下，我整個上身趴在桌上嘆氣。

把手上的書本放在桌上，他也跟著坐下，對我說：「再忍耐一下，事情很快就會結束了。」

咦？找到對策了嗎？

「是不是找到對付我爸……呃，阿關的方法了？」坐起身，我滿懷希望的問他。說真的，我始終不想去相信那個幕後黑手就是我爸。

貓男沒搭理我，逕自拿出筆記本塗塗寫寫。

喂喂，明明是你自己自動送上門來，現在卻像個蚌殼般不說話，搞什麼神祕呀？

「喂，你確定那個看起來很年輕的阿關是我老爸嗎？」說來說去，我就是不太能接受父親變得比我年輕和帥氣的事實。

「這是我今天來找你的原因，畢竟這麼做有點唐突，還是徵求兒子的同意比較好。」他頭也不抬的說。

什麼啊，有事找我就早點說呀，為什麼要等我追問了才……吼——這傢伙很欠揍啦！

「什麼事？」沉住氣，我咬牙切齒的問。

「我們決定要去查看元先生的遺體……是否還在靈柩裡。這是最直接也是最容易確定阿關身分的方式。」他邊寫字邊說，像在訴說一件芝麻小事。

我整個人愣了一下，隨即大叫著跳起身來，「啥？你們要去挖我爸的棺材？！」

爸死後被埋葬於一個風景優美，地勢頗高的墓園。上次在戴家命案告一段落後，顧宇憂曾帶我去過一次，不就是去拜祭我爸，見一見他、跟他聊聊廢話而已。

某人對於我的反應不以為然，輕輕點頭。

喂！挖棺材是很大的一件事好不好？你這樣子我會以為你在跟我開玩笑啊！

「你、你確定？」

「遺體不在的話，就能百分之百肯定他就是那個幕後黑手。嚴克奇也同意這麼做，現在只差你點個頭，就能動手了。」他沒直接回答我的問題，反而道出他這麼做的原因。

我有些糾結，這樣做好嗎？若阿關不是我老爸，那個真的老爸泉下有知，會怪罪於我嗎？不過想深一層，與其在這裡猜疑或煩惱爸到底有沒有涉及這些案子，不如直接求證……

低頭沉思了好些時候，我最終還是妥協了。像是下了重大決心般，我看著顧宇憂說：「就照你們的意思去做吧。」

得到同意後，他放下手上的鋼筆，馬上掏出手機撥了一組號碼，告知我應允開棺的事。聽他說話的語氣與內容，電話那一頭應該是嚴克奇。

重新趴回桌上，我想要藉此逃避講堂裡那些同學怪異和嫌惡的眼神，反正顧宇憂已經徵得我的同意了，講完電話後大概會自己滾蛋吧？

可是，收起手機後，他卻拿起鋼筆繼續在筆記本上塗鴉，沒有要離開的意思。欸，再過一分鐘就要上課了，他打算賴到什麼時候呀？這裡的冷氣不見得比他講堂的冷啊。

「喂，教授要進來了。」把頭轉向他，我好意提醒。

「是維爾森的課吧？」他看了一眼手錶，這麼問。

「對啊。」汗，這人連我上誰的課都一清二楚！

「我是你的直屬學長，他會睜一隻眼、閉一隻眼的。」他還是一副超有自信的語氣。

「你沒課嗎？」我狐疑。

「曠了。」簡短的答案。

「曠課？」

「那堂課不重要，曠了也沒關係。」他淡淡的說。

通常聰明的人身上會散發著一股惹人厭、讓人忍不住想對他揮拳的荷爾蒙，這傢伙就是其中之一！

一上完維爾森的課，我突然被叫去了校長室。校長室咧，意思是說召見我的是校長本人吧？我的一顆心七上八下的，總覺得不會是好事。早上阿風與同學們的怒目相視，至今仍深刻的烙印在我心上。

果不其然，校長要我暫時別來學校上課。

「中午有群學生提交了一份臨時動議，要校方開除你，否則他們將集體退學。這份動議共收集了近兩百名學生的簽名，我們校方也很難做，希望你能明白我們的苦衷。我們並不想開除你，只是希望你暫時先別來上課，等這件事逐漸轉淡之後再來打算。到時候，校方會安排你補課……」

好吧，就是暫時停學的意思吧。雖然感到憤憤不平，但在這種四面楚歌的情況下，也不見得能集中精神上課。

校長的提議正合顧宇憂的意，他也就未向校長提出反對。

無可奈何下，我只好接受了校長的提議，暫時停學就是了，唉……

・第八章・

惡魔的誘惑

如果我不答應，你會強行佔據我的身體嗎？
主人，你召喚了我，當然要為此負起責任。

午後的天空有點陰，太陽公公不知跑去哪裡偷懶了。

莊嚴寧靜的墓園聚集了大批與這裡格格不入的警察，增添了少許緊張的氣氛。

與顧宇憂一起待在蔭涼的樹下等待開棺結果，我不停的搓著手掌以減緩緊張的情緒。反觀另一人泰然自若的倚靠著樹身，耐心的注視遠方那些忙碌的人們。他們的上衣全被汗水浸溼了，手裡拿著鏟子與工具，在我爸的墳墓上玩泥沙……呃，是挖出老爸的棺木。

說是要開棺重新驗屍啦，但真正目的只有顧宇憂、嚴克奇和我……還有不在場的維爾森知道而已。維爾森今天一下課，好像又往驗屍房跑了，看來那個兼職教授的法醫，日子可沒我們過得這麼輕鬆。

但我可不會去同情他，這是他自找的。哼哼，天才和精英是需要付出代價的！

站在爸的墳墓旁，嚴克奇在一旁指揮那些工作人員幹活，一刻也閒不下來。棺木一出土，嚴克奇立即指示他們稍作迴避，然後向我和顧宇憂招手。我屏住呼吸來到棺木前，等待嚴克奇撥開棺木蓋上的泥巴。這棺木是深褐色的，旁邊鑲著金邊，棺木的蓋子有一半是透明玻璃，可清楚看見裡面的情況。

我發現顧宇憂懷著複雜的情緒，也一起用手撥開玻璃上面的泥土。泥巴被清理得差不多後，我有些緊張的湊前一看，發現……裡面竟空無一物！

另外兩人面面相覷，嚴克奇更拿出手電筒照向那塊玻璃，「得罪了，元偵探。」

我們都看得很清楚，玻璃下方什麼也沒有！

「的確不見了……」我退開兩步，頓感晴天霹靂。這麼說來，幕後黑手真的是……我爸嗎？有些昏眩，身體也跟著搖搖欲墜，我不知所措的扶著眼前的棺木。

逼我進行血祭成為魔人，最終目的要我變成跟他一樣嗎？當初把我棄於孤兒院，現在又想要得到我的力量，他把我當什麼了？我無法接受這事實，捏緊拳頭，我巴不得馬上找到他，當面質問他！

「元澍，振作一點。」嚴克奇把手搭在我肩上，然後面色沉重的轉向顧宇憂，「果然不出你所料……」

我記得這人說過他自小就很崇拜我爸，沒想到事情發展到最後，幕後黑手竟是在多個月前宣布自殺的元漳，也就是我爸，說不定他比我還要難過。

「元偵探假裝自己已經死亡，又要兒子成為魔人，他到底想要幹什麼？」

「反正不會是好事就對了。」顧宇憂說話時，瞟了我一眼。

哼，難道你本身利用我就是好事嗎？

「你打算怎麼做？」嚴克奇揉著發疼的腦袋，六神無主的向顧宇憂求助。

現在還能冷靜思考的人，大概只有貓男了。

「要揭穿他這麼做的目的，說不定有一個人會知道，如果那個人沒成為他同謀的話。」拿出溼紙巾擦去手上的泥巴，他這麼說。

「誰啊？」某警官摸了摸頭。

「元澍的母親，柯莉。」貓男輕輕吐出這句話。

「我媽？」

「咦？之前不也懷疑她是同謀嗎？」我和嚴克奇不約而同的看向他。

「那只是我的猜測而已。所以我說了，如果沒有成為元先生的同謀，說不定她將能助我們釐清元先生的事。試想，她選擇跟元先生離婚，然後帶著養女移居國外，或許有她的原因，而那原因說不定就是我們要找的答案。再說，她是元先生的前妻，兩人怎麼說也一起生活了好些年，元先生那些不為人知的祕密，說不定也只有她知道而已。」

他說得頭頭是道，嚴克奇頻頻點頭。

要找出我媽，那豈不是要出國？「去加拿大嗎？」我忍不住問。

「去了也只會像隻無頭蒼蠅般毫無頭緒，不知該從哪裡找起。我相信他們的離婚協議書上面有留下住址，我們可以問問看她周圍的鄰居，也許能打聽到她在加拿大的住址。」

虧你想得這麼周到！要是能找到我媽，非但能揭開謎團，還能跟她見上一面，我根本就求之不得，巴不得馬上拽住顧宇憂找我媽去，呃，可是那場大火……

「上次戴維放的那場火，把爸的房子都燒得面目全非了，連帶那些重要文件也……」

「你忘了嗎？」他嘴角噙著好看的笑容看向我。

不明就裡的我歪著頭打量他，然後像是想起什麼般喊了出來：「對了！密室！」

這傢伙刪掉我很多記憶，密室裡發生的那場爭執，就是其中一塊。

「對了，說到元先生的房子，我們很快就能搬回去了。」笑了笑，他補上了這一句。

搬回去？前陣子聽維爾森說那棟洋房的重建工程已經竣工，沒想到這麼快就能搬進去住了。

「什麼時候？呃，我是指搬家的事。」雖然現在突然提到搬家的事有點唐突，我卻迫不及待的想知道。

「有時間就先打包行李吧，這星期內就搬進去。」

令人大吃一驚的答案！

「這、這星期？！」我超級訝異。你跟維爾森現在忙得連吃飯的時間都沒有，能抽出時間搬家喔？再說啊，現在到底是找出真相比較重要，還是搬家重要啊？

接收到我狐疑的目光時，他露出了欠扁的笑容：「我覺得沒問題吧，家裡還有一個閒人。」

你指的是那個剛被停學的倒楣學生嗎？！我不禁懷疑你也在那份動議上面簽了名！不，說不定那個簽名運動是由你發起的！

把我當搬運工人是吧？我氣得在心裡問候顧宇憂的祖宗十八代……不過，有一點我始終搞不懂的，就是為何他急著要搬家？

※ ⋯ ※ ⋯ ※ ⋯ ※

夜深人靜的夜裡，我累得倒在床上哀悼自己悲慘的命運。

剛才一離開墓園，我跟顧宇憂和嚴克奇先到外面解決晚餐，回到家裡時，天色已經被黑暗吞噬了。顧宇憂把我棄於公寓樓下，又跑出去忙他的事，至於忙什麼事我完全沒過問，誰叫老爸的事已經夠我煩了。不過臨走前，他倒是叮嚀我要幫忙打包家裡所有人的行李，他前幾天已經買了兩打紙箱擱在貯藏室裡。

一想起顧宇憂房裡那個滿得快要爆炸的書櫃，我就好想直接把書櫃連同書本一起丟出窗外。再打開維爾森的房門時，我已經很想找個最深的山谷來跳。那傢伙的書本簡直比貓男的還要恐怖，足足塞滿了兩個書櫃！而且那書櫃還跟天花板一樣高咧！這兩隻死書蟲！

悻悻然的甩上某教授的房門，我決定先打包自己的東西。沒想到自己房間看起來沒什麼東西，卻要花上一整個晚上才打包完。脫去早已被汗水浸濕的上衣，我趴在床上不想起來。

現在應該已經凌晨一點多了吧，可是那兩個傢伙還沒回家，那個貓男明天一早還得跟我一起去找我媽呢。哼，等等早上睡不醒他就知道，我一定會拿蓮蓬頭澆醒他！

顧宇憂說，他可以蹺掉早上的課，先繞過去爸的密室找出爸和媽的離婚協議書，然後直接前往上面的住址打聽媽的下落。

可以跟素未謀面的媽媽見面呢，心裡難免有點緊張，又好像在期待什麼。也許我始終抱著一種信念與希望，但願自己的爸媽都不是壞人吧。爸的屍體突然失蹤，一定有其他不得已的原因。

「主人……」渾厚低沉的聲音倏地在我腦海裡浮現。

「惡、惡魔？！」沒錯，我記得這道充滿誘惑的聲音。我整個人從床上跳了起來，連忙開口怒斥他：「幹、幹嘛？沒事別隨便開口說話啊，想嚇死我嗎？」其實我聲音有點發抖。

「你看起來好像有煩惱，也許有我能效力的地方。」

效力？想要我去殺個人來獻給你嗎？別做夢了！

慘了，看來我是真的招惹到了這隻惡魔，而且他看起來大概是那種不會輕易善罷的傢伙，怎麼辦怎麼辦？

「我不需要你的力量，我不想要殺人，更不想要成為魔人！」我強調自己的立場，「以後別再來煩我便是！」

「那就用你自己來交換吧，只要跟我立下血誓，在死後奉上自己的靈魂與軀體，就能取得我所有的力量，而且能擁有不死之身。」

那惡魔不肯放棄，以那教人無法抗拒的渾厚噪音說服我。

「血誓？」原來血誓是這麼一回事？不必殺人，只須用自己的靈魂和軀體來交換？

原來如此！

「沒錯，那是魔人與體內惡魔的一種誓約。如此一來，我的力量將毫無保留的轉移至你身上，助你統領全世界的魔人，成為萬人之上的大魔人。」

還、還大魔人咧，我才不想要當什麼大魔人，你饒了我吧。

「如果我不答應，你會強行佔據我的身體嗎？」噗，說得好像自己的貞操要被人侵犯的樣子……咳！

「主人，你召喚了我，當然要為此負起責任。」

那聲音帶著嗤笑，卻又像在威脅我。

但我之前都不知情啊！靠，麻煩大了這次！

「我已經夠煩了，拜託別再來煩我了！」我感到煩躁不已，逃避似的想要結束談話。殊不知腦海裡真的不再響起那惡魔的聲音。不知怎的，我有預感，他一定不會就此罷休，說不定會一直出來干擾或誘惑我……唉，煩死了。

找了件乾淨的衣服穿上，我懷著懊惱的心情來到廚房找冰水解渴，順便讓自己冷靜下來時，我發現玄關處好像傳來了談話聲。在外邊燈光的照耀下，好像還有影子在來回走動。

是鄰居嗎？喂，三更半夜的，要聊天拜託進去屋裡好不好？

心情欠佳和暴躁易怒的我超不爽的來到了玄關，一口氣拉開門板，正想要破口大罵之際，卻在看清楚那幾個人的臉龐時，硬生生的把話吞回了肚裡。接下來，我目光呆滯的看著倚在牆面的那幾個人——顧宇憂、維爾森和嚴克奇，滿臉疑惑。

怪了，有什麼話不能到屋裡說，在搞杯葛嗎？

他們似乎也被我突如其來的行為嚇了一大跳，當然，那個看似一生下來就沒有害怕細胞的顧宇憂除外。

「原來你還沒睡！」率先開口的教授臉上有很明顯的黑眼圈，看上去沒以前那樣帥氣和充滿活力，反而更像一具屍體。

睡著了就不能發現你們在這裡非法聚會了！

「你們還不是一樣？」沒好氣的回話，我直接轉身回到屋裡。

討厭，他們到底躲在屋外聊些什麼，那些話不能讓我聽見是嗎？吼——這種被人排除在外的感覺糟透了！

我的心情更差了，這些人就只會欺負我、無視我！哼哼，反正我就是被他們利用的一顆棋子罷了，他們做什麼事情都不必顧慮我的感受，更不用徵求我的同意！氣死我了！氣死我了！

顧宇憂最先跟著我的步伐回到屋裡，我回頭偷瞄一眼，只見嚴克奇跟維爾森說了兩句後，就匆匆告別離去了。

「小孩子要早睡早起喔。」某教授上前來攬著我的肩，笑嘻嘻的逗我。

「去你的小孩子！」我火大的推開他，拿了毛巾到浴室，想洗去一身的臭汗與怒火。

※……※……※……※

過度疲勞的我，連天亮了都不曉得。即使附近的公雞扯破嗓子叫得多難聽，我仍置身於伍邵凱被魔女殺死的夢境中。對啊，那個曾經跟我出生入死的死黨兼密友，愛鬧且跟我一樣很喜歡打架的最佳損友，沒想到卻被我害死了。死後，那幾個傢伙還強行摘除了所有關於伍邵凱的記憶，強逼我忘記他……想到這，我感覺眼眶溼潤，盈滿了溫熱的液體。

直到某人把我拎起身晃了兩下時，我才睜開睡眼惺忪的眼睛。

「唔……幹嘛……」我睡眼矇矓的看著眼前的紅眸少年，還揉了揉眼睛。

那隻紅眸對上了我眼睛時，不由得震懾住了。

「做、做什麼啦？七早八早的……」扳開他的手，我連忙躲回被單裡，快手快腳擦去差點就要滑落的淚水。

遜死了，居然被他瞧見我的窘樣！

「起床，要去密室找東西了。」毫無情緒的聲音從被單外傳進來。

對了，昨晚說好要去媽以前住的地方打聽她的下落，但必須先去爸洋房的密室跑一趟。

「知道啦。」

確保淚水全被被單吸乾後，我連忙打起精神跳下床，某人早已換好出門的衣服，身上還散發著淡淡的食物香，可見他連早餐也做好了。

「我、我馬上好！」

低著頭顱踏出房間，一想起昨晚被人杯葛，那情況跟在學校裡被同學排擠沒兩樣時，心裡就有點刺痛。可是被同學排擠時，感覺好像沒那麼難過和憤怒吧？汗，我好像越來越無法控制自己的情緒了，到底怎麼了我……

但爸的事我不能坐視不理，不管怎樣一定要設法阻止他和魔女繼續殺人才行。

匆匆盥洗和吃過早餐後，我與顧宇憂一起重返爸的洋房，這回轟立於眼前的，不再是被燒毀的廢墟，而是散發著淡淡油漆味的新房子。

我們從後門進入洋房，連室內的構造和裝潢都還沒看清楚，我就被貓男帶進廚房旁邊的貯藏室。誰也沒料到那密室的入口被設在貯藏室，爸想的還挺周到的。

沒想到連爸的重要文件擺在什麼地方，顧宇憂都一清二楚，是他記性太好，還是爸向來很信任他，把祕密全都告訴他？爸很器重顧宇憂這個助理吧？聽嚴克奇說，他在很小的時候就跟在爸身邊處理偵探社的委託，同時學習與魔人戰鬥的技巧。

不知怎的，總覺得他們的感情應該比主僕更親密一些……之前第一次見面時，我曾懷疑他是我爸領養的孤兒，而他小時候的確在孤兒院長大，但要我把這話問出口，是需要很大的勇氣，而那傢伙未必會據實相告。

因此，我只能暫時把這問題壓在心底，等到適當時機再問他。

在等待顧宇憂找我媽的住址時，我無所事事，只能在那面掛滿相片的牆壁前來回走動。爸和媽年輕的時候是一對俊男美女，一定是一對曾經令人稱羨的夫妻，但不知何故才結婚兩年就突然鬧離婚，然後把我棄於孤兒院長大。

不曉得是不是錯覺，總覺得相片裡的老媽看起來很面善，好像在哪邊見過似的。

「找到了。」不到五分鐘，顧宇憂已拿著一張小抄來到我面前，打斷了我的思緒。不等我反應過來，他轉身走向通往貯藏室的樓梯，「走吧，那地方有點遠，我們必須爭取時間。」

「是！」我連忙小跑步的跟上去。

坐了超過一個小時的車子，我們總算來到了一個靠近海邊的地方，果然是有點遠，害我屁股都僵硬了。

這附近有個漁村，但是顧宇憂說我媽住的地方不在漁村裡，而是座落於岸邊不遠處的獨立洋房。當車子來到了某個路口，顧宇憂停下車子，指向左邊一條頗寬敞的道路時，我整個人震懾住了。放眼望去，那是一個差不多呈四十五度往下傾斜的斜坡，一直向下延伸而去，而且道路兩旁全都是看起來如度假別墅般的大洋房！

怪了，怎會有人把別墅建在這種地方？不怕土崩嗎？呃，好吧，有錢人的想法不是我們這些平民百姓所能理解的。不過，這畫面真的好宏偉、好壯觀啊！

在我下巴快要掉出車外時，顧宇憂又指了指左邊一棟紅色屋頂的別墅，說那就是我們要找的地方。天啊，那棟只有兩層樓高的別墅，卻看起來比老爸的房子還大了足足一倍有餘呢！雖然別墅四周的圍牆有一層樓高，但由於我們此時就在斜坡的最頂端，因此可以清楚看見裡頭附設的游泳池、假山噴泉和迷你花圃等。

當車子開到別墅的籬笆門外，我發現自己有點緊張，沒想到我媽比我爸更有錢，跟她見面的第一句話，該說些什麼呢？

媽，我是妳兒子元澍啊！

媽，這麼多年來妳過得怎樣？

媽，妳有沒有想念我？

媽，妳當初為什麼要棄養我？

……呃，怎麼越想越悲啊？

在我苦思冥想之際，旁邊響起了某人淡淡的說話聲：「柯莉已經移民了，說不定裡面住的是別人。」

對喔，我在窮緊張什麼啦？

「咳咳！」我馬上佯裝打量近在咫尺的別墅。

把車子停在別墅前，下了車，顧宇憂直接來到籬笆門的側邊按了門鈴。

雖然住在裡面的人有百分之九十九不會是我媽，但我為了那百分之一，仍有些緊張的稍微整理忘了塗髮膠的頭髮，以及沒有燙平的上衣，才跟著來到顧宇憂身旁，盯著緊閉的籬笆門。

啥？這時候，我才發現別墅的門牌居然是……７４７４？！讀起來不就是「去死去死」嗎？咳咳，可是我們今天來這裡的目的，不是討論門牌問題！硬是把目光從「去死去死」的門牌上移開，我耐心的等人前來開門。

可是等了老半天，卻沒人出來應門。

「奇怪，這麼大的宅子，不可能連個傭人都沒有吧？」這別墅的主人懂不懂得待客之道啊？顧宇憂繼續按著眼前的門鈴，一副不把門鈴按壞不罷休的樣子。

過了不久，我們聽見了由遠至近的車子引擎聲，難道是別墅的主人回來了？回過頭，我們看見一輛豪華房車緩緩來到了我們面前，車裡的司機放下了車窗，是一個中年男子。他一臉好奇的把我們從髮頂打量至腳趾頭，然後才帶著質問的語氣問我們：「你們要找宅子裡的人？」

「沒錯，請問你是……」顧宇憂趨前一步，反問他。

「我住在這附近。」對方回答，「要找人的話，我勸你們別白費心機了，我根本不曾見過有人在這棟房子出入過。」

「怎麼可能？我見他們的院子非常整齊乾淨，不像個荒廢的大宅！」我開口反駁。

「我是說沒有人出入，但沒說沒有其他東西出入過呀。」他特別著重於「東西」這兩個字的音調。

「嚇？！你該不會想說這裡是……鬼屋吧？」我大嚷，換來了顧宇憂的瞪視。

「可不是嗎？沒人出入和居住的地方，居然被收拾得這麼乾淨，不是『那個』是什麼？我們附近的人都盡量遠離這宅子，你們也別想進去冒險，趕快走吧。」

「請問你見過這房子的屋主嗎？」顧宇憂不死心的追問。

「就是沒有啦，而且連打掃的人也沒見過，但宅子裡外卻十年如一日，整齊乾淨得出奇。你沒見旁邊兩棟房子都被空置了嗎？根本就沒人敢跟這棟房子做鄰居！」說到這裡，中年人打了個冷顫。

「請問你知道之前誰在這裡住過嗎？」

貓男的問題一個接一個，是職業病發作嗎？……不，我們來到這裡，本來就是要追查我媽的下落啊。

「都說了不知道啦。」揮了揮手，那男人有些不耐煩的倒車，再也不肯搭理我們，彷彿不想在這裡多逗留一秒。

「……鬼屋嗎？」見車子跑遠後，顧宇憂露出了奇怪的表情。

我媽以前住的房子，怎會莫名其妙變成了鬼屋呀？真是有夠奇怪的。至於那個中年男子的話，我不知道該不該相信。

「現在是怎樣？要進去探險嗎？」我有些洩氣的問。

「先回去吧！」顧宇憂說了句令人始料不及的話。

「回去？」你真的甘心就這樣空手而歸嗎？

「現在回去，說不定還趕得上早上的課。」顧宇憂說完，轉身走向車子。

雖然不曉得他心裡在敲著什麼如意算盤，但我一點也不想繼續逗留在這棟「鬼屋」前，便跟著上了車。

當車子離開別墅重新回到馬路時，我突然想起一個很重要的問題。

「對了，我媽也是魔人的後裔嗎？」

「不確定。」

「呃，如果說我媽也是魔人，那麼我有沒有可能從我媽身上繼承她的特殊能力？」不是好奇，我只是想進一步了解魔人「傳宗接代」的情況而已。

「不，魔人的特殊能力是父傳子、母傳女。我打個比方，父親是魔人，但母親不是，結合後生出來的兒子將繼承父親的特殊能力，被稱為魔人的後裔，但女兒卻不是。」

好奇怪的遺傳基因，其實媽是不是魔人，也不會影響我繼承爸的能力，原來是這麼一回事。

唉，老媽，妳到底在哪？當初為什麼要跟爸離婚和棄養我呢……

回程途中經過一排商店，顧宇憂突然說肚子餓想吃東西。平時這傢伙的食量好像不怎麼樣吧？但我不疑有他，跟他進入其中一家餐廳，找了張乾淨的桌子坐下。點了幾樣食物後，那傢伙又突然說不小心把手機落在別墅那邊，搞什麼呀？結果把我丟在餐廳裡，他獨自驅車返回那間鬼屋……呃，別墅，拿回自己的手機。

大約過了半個小時，他才重返餐廳，說忘了早上的課很重要。馬上到櫃檯付了帳，他火速帶我回到車上。

「喂，你有點怪怪的。」一坐上車，我皺眉看著他。

但這傢伙居然不理我，直接發動車子在馬路上狂飆。

唔，怎麼感覺車子好像有點沉，而且有股寒氣從後座傳來……轉過頭看了一眼，後面卻空無一物。

也許是我多心了吧？

※……※……※……※

「呼！累死了！」把維爾森房裡最後一箱書本搬出了客廳，我差不多快要休克了。

那個顧宇憂也真是的，一離開我媽舊居回到家裡後，他叮嚀我乖乖留在家裡打包行李，還說什麼下午搬運工人會來載貨，要我別怠慢或偷懶。

最氣人的是，他早上連我的午餐都做好了，就擱在冰箱裡面而已，要我肚子餓時微波一下就能吃了。他一早就打定主意要我留在家裡當一整天的免費勞工是吧？！哼，就只會欺負鄉下來的孩子！

好了，現在只剩下顧宇憂房裡的東西還沒整理了。

一打開他的房門，我忍不住打了個大大的噴嚏。這人的習慣很不好咧，房裡的冷氣二十四小時都開著，而且非要調得比別人冷不可，難不成他是屍體，擔心身體腐爛發臭喔？

拿起遙控器，我把冷氣機的溫度調高三度，關掉另兩臺電風扇，感覺好多了。

我打算從書桌的抽屜開始整理。

拿來一個特大的箱子，我把裡面的東西全挖出來塞進箱子，第一個抽屜、第二個抽屜……來到第三個抽屜時，一打開，裡面是一本很厚很厚的書本，很重。

「什麼鬼書啊，魔法書喔？」費了好大力氣把它拿出來，想要打開來看，卻怎麼也扳不開，那書本好像被一層薄膜纏著，可是又不像是保鮮膜。

該不會是還沒拆封的新書吧？

快被書的重量壓垮的我索性坐在地上，把書放在大腿上好奇的打量著。這是一本硬皮書，封面是紅色的，但沒有半個字，連圖案也沒見著，讓人好奇它到底是一本什麼樣的書。該不會真的是魔法書吧？

如果是書本的話，顧宇憂應該會把它擺在書櫃上而不是抽屜裡，除非它不是書本，而是很重要的東西……唉，算了，我還有一堆東西要收拾，沒空在這裡跟書本玩耍或玩猜謎遊戲。把這本重書放進箱子的最底層，我繼續收拾桌面上的其他東西。

趕在搬運工抵達前，我總算把顧宇憂的衣物和書本全都打包好了，也順利的在傍晚前把東西全運到了老爸的洋房裡。

重建後的房子外觀幾乎跟著火前一模一樣，早上只是匆匆瞥了一眼，都還沒打量清楚就被顧宇憂拉進了後門。屋裡換了一批新的家具，雖然不再像以前那般古色古香有點復古的風格，倒是多了幾分時髦感，採簡單大方的樸素風格，看起來大方得體，有點像顧宇憂喜歡的格調。

討厭啦，這到底是我老爸還是他的房子啊？碎碎唸的同時，我在房子裡逛了一圈，這裡比公寓寬暢很多，要在樓下翻筋斗絕對不成問題！

回頭看著堆在客廳裡那一箱箱的物品，我有些頭痛的拍了拍腦袋，搬家真的好麻煩啊，拜託沒事別再搬來搬去才好。

稍微活動有些痠痛的身體，窗外天色已漸漸被黑暗所取代，忙碌了一整天，肚子又開始「咕嚕咕嚕」的抗議了。

那傢伙應該連晚餐也替我準備準備啊。

看了一眼手錶，那兩個傢伙是怎樣？忙到現在都還沒回家，難道他們想要回來替我收屍喔？不然就是想把整理行李的事全推到我頭上來！

正想起身到外面看看附近有沒有餐館可以填飽肚子時，褲袋裡的手機突然響了起來，是顧宇憂的專屬鈴聲。

嚇死人了，一說曹操，曹操就到！

「在哪？」簡短到不行的問句。

「已經到老爸家了。」我懶懶的說。

「一起吃晚餐吧，我回去載你……」說到這，他猶豫了一下，問我：「你還沒吃飯吧？」

我哪來的時間吃啦？

「我正有此意，你快點回來啦，我都快餓死了！」我哀號。

「給我五分鐘。」電話隨即掛斷了。

欸，我沒要你飆車啦。

不多不少，五分鐘後，一輛銀色的進口車在高速下緊急煞車，害我耳朵差點聾掉。欸，你能不能別老是虐待別人的耳膜和馬路啊？

坐進車子，才扣好安全帶，顧宇憂的手機響了起來，這人有這麼忙嗎？戴上藍牙耳機接通來電的同時，他踩下油門，車子重新回到了馬路上。

「維爾森，什麼事？……什麼？」瞠著眼，他的表情突然變得好可怕。

咦？是不是出什麼大事了？我有些緊張的盯著他表情的變化。

「……是，我知道了，馬上過去。」他擰著眉，繼續催動油門，時速直飆一百二！

「怎、怎麼了？」我感覺有股寒氣直竄腦門。

「又有警察出事了。」他目光如鷹般的銳利，盯著前方。

「啥？又、又是警察？」阿闕……不，我爸又殺人了？

「這一次是嚴克奇。」

「啥？」我以為自己聽錯了。

「這一次跟薛秋他們一樣突然死亡的人，是嚴克奇。」顧宇憂的聲音低沉且帶著幾分危險。

我腦袋當機了幾秒鐘，然後才抖著雙唇重複他剛才的話：「嚴克奇……突然死亡？」

「對。」

車子在持續加速中，我的心跳也跟著加快，就快從嘴裡蹦出來了！

嚴克奇死掉了？那個喜歡揉我頭髮又喜歡說我是孩子的警官已經……成了一具冷冰冰的屍體了！我爸始終不肯放過我嗎？他會一個接一個的奪走我身邊的人，逼我乖乖就範對吧？他們已經奪走我最要好的死黨伍邵凱了，那種像是身體被人切掉一塊肉的痛，根本就無人能懂！

連嚴克奇也……

前所未有的恐懼感開始在我心底擴散著，那麼下一個受害人會是誰？阿風嗎？還是維爾森？顧宇憂？抑或學校裡那些把我當衰鬼的同學？

不！不管下一個目標是誰，我都不希望他們再為我犧牲了！

「夠了，真是夠了……」抱著頭，我整個人慌亂得不知如何是好，「住手、快住手……別再逼我了！」

「元澍，冷靜下來！」

肩上多了一隻冷冰冰的手，想要安撫我那幾近崩潰的情緒。

「你要我怎樣冷靜？！雖然那傢伙嘴巴很壞，有點高傲又臭屁，可是也罪不至死啊，是我爸幹的好事嗎？是他嗎？拜託他別再殺人了……拜託……」我六神無主的把身體蜷縮成一團，把整張臉埋在膝蓋裡。

「元澍，控制你自己的情緒……」

「只要我一直逃避下去，將會失去更多的朋友……」當這句話在我腦海裡浮現的同時，周圍的空間開始變扭曲了。我發現自己眨眼間來到一個伸手不見五指的地方，這裡四周都是濃霧般的黑煙，很黑很黑，連天上的星空都看不見。

我想要撥開那些濃煙，卻無法得逞。感覺頭痛得像要裂開似的，完全失去了思考能力。抓著頭髮，我告誡自己別再懦弱下去了，我要成為魔人，才能阻止殺戮持續發生……沒錯，完成血祭，就能解封體內的惡魔，成為魔人！如果不想殺人，就得與惡魔立下血誓，然後同享他們的能力，除去那些欲控制我的魔人，成為萬人之上的大魔人。

沒錯，是這樣沒錯！

「血誓……我……」要立血誓，我要得到惡魔的力量……

「元澍！」

鏗鏘有力的咆哮聲，喚回了我亂糟糟的思緒。

瞪著一對大眼睛，我惶恐至極的看著眼前那隻紅色的眼瞳。周圍的黑煙全不見了，眼前只有那個眼神夾帶著一絲焦慮的紅眸少年。

車子不知何時已停在路邊，閃著信號燈。

「……顧宇憂？」

「你怎麼了？」見我說話了，顧宇憂不由得鬆了一口氣。

咦？你在擔心我嗎？

我驚魂未定的搖了搖頭，連我自己也不曉得剛才發生了什麼事，感覺自己的思緒好像被人牽制住了，不過也許是我多心了。或許是我一時間無法接受嚴克奇突然死亡的噩耗，才會出現那種反常的情況吧？

靠在身後的座椅上，我有些疲憊的閉上雙眼。

「如果你不想前往現場，我們先去吃晚飯，遲些再向維爾森了解情況。」

「好……」努力撫平自己激烈的心跳，我點了點頭。

這樣也好，我沒有勇氣去面對已被奪走了呼吸的嚴克奇。

嚴克奇、嚴警官……對不起……

·第九章·

盟友或敵人？

顧宇憂和維爾森是阻止她成就大事的最大障礙，
但他們卻能安然無恙的活到現在……

·九·盟友或敵人？·

與顧宇憂一吃過晚飯後，維爾森仍留在嚴克奇出事的地點。我總不能為了逃避現實，阻止旁邊這傢伙去現場勘查。雖然他表現得很淡定，少了那種痛失友人的激動，但有可能是偽裝出來的吧……這人從來不把七情六欲寫在臉上。

嚴克奇是在傍晚時分與同事結伴到警局附近的麵館解決晚餐，不料在咬著麵條時突然呼吸困難，仰頭倒在後面桌一個年輕女子的身背上。女子驚愕失色的尖叫著跳起身，嚴克奇的身體直接往地面倒去。

由於事發突然，旁邊的同僚來不及抓住他，只能眼睜睜看著他跌落桌底，不省人事。急於救人的同僚想要把他扛起來送去醫院時，發現他已經斷氣了。

不過，當我們來到麵館時，嚴克奇的遺體已被送走了，留下一些鑑識組的警察仍在附近查找證據。

「你留在車上，有什麼事大聲喊我。」把車子停在麵館前的停車位，顧宇憂慎重的交代一聲，馬上下車走向站在麵館外等他的法醫。

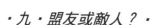

老實說，我也很想下車去了解情況，偏偏兩腿發軟，連推開車門下車的勇氣都沒有。我只能放下車窗、拉長耳朵聆聽他們的談話。

「我們在麵館的櫃檯上找到一本書，跟貝偉成被殺現場附近找到的一模一樣。」維爾森向旁邊的警察說了幾句，對方馬上轉身到麵館裡取出一本紅色的書本交給他。

那是一本很厚的書，封面是紅色的。那本書怎麼看都覺得很熟悉，我完全被它吸引住了，不由自主的推開車門，我走到了他們面前。

「元澍，你怎麼下來了？」維爾森大驚小怪的看著我，「阿宇說你受到了不小的打擊，還是留在車上休息比較好。」帶點責備的眼神直盯著我。

不去理會他的表情，因為我的魂魄已被他手上那本書勾走了。

紅色的硬皮書，封面完全沒有圖案與文字，而且很厚。我錯愕不已，這本宛如魔法書的書本，跟顧宇憂抽屜裡面的那本好像是一樣的。

「……能不能借我看一下？」兩眼直盯著書本瞧，我聲音沙啞的問他。

「可以，不過要先戴上手套，免得破壞上面的證據。」維爾森先遞來手套讓我戴上，再小心翼翼把書本放在我手上，「小心一點喔，這可是重要證物呢。」

好重，幾乎連重量都跟顧宇憂的那本一樣，不過這本未被薄膜纏著，我能輕而易舉的打開它。裡面的頁面是米色的，單線，沒有標明頁數，而且一片空白，看起來像是寫日記用的那種簿子，或稱之為日記……咦？日記？！

……是日記！難不成在顧宇憂抽屜裡看見的那本，是……我爸的日記？！

‧九‧盟友或敵人？‧

我猛然抬頭看著眼前的法醫與紅眸少年，戰戰兢兢的問：「那個……這是日記吧？難道嚴克奇，甚至老闆娘、貝偉成、阿勇和薛秋那幾個警察的死，跟我爸的日記有關嗎？是那個要找我爸日記的人殺了他們？」想到這，又有點不對勁，「不，殺死他們的是魔女和阿關……也就是我爸……這麼說來，果然是我爸要找回自己的日記嗎？是吧，顧宇憂？」揪著他衣領，我有些語無倫次的問。

「這些問題，我們在貝偉成死亡後的確有思考過。」扳開我的手，顧宇憂用不冷不熱的語氣說：「現在只能進一步證實，凶手的確在找元先生的日記。」

「爸的日記……原來是長這樣子的。」我端詳手上的書，「這麼說來，爸在暗示些什麼？如果沒把日記歸還，他將繼續殺人是嗎？他要的話，那就還給他呀！」我激動的朝他們喊話。

「元澍，問題是我們完全不知道日記的下落呀。」維爾森面帶煩惱的抽回我手上的本子。

下落不明？我明明在顧宇憂的抽屜裡找到一本一模一樣的……難道，抽屜裡的那本就是爸要找的日記本？這麼說來，顧宇憂分明是故意把爸的日記藏起來！

……沒錯，現在能證明的是，顧宇憂和維爾森都在對我撒謊，也許他們瞞著我的事不止這些。不曉得從何時開始，我發現他們一直偷偷摸摸在商討事情，把我排除在外。

——不到最後一分鐘，你是不會知曉自己被利用的原因與真相的。

顧宇憂之前說過的話，像是一把鐵錘擊在我胸口上。對啊，我只是被人利用的棋子！一轉身，我憤然邁開腳步往前跑。

「元澍！」身後同時傳來了顧宇憂與維爾森的叫喚聲。

「讓我靜一靜！」痛苦的喊完話，我加快腳步離開那快要令人窒息的地方。

我痛恨自己無能，只能成為別人的棋子，再不停的害死身邊的人！

忘了自己奮力跑了多久，一個不留神，竟不知被什麼東西絆倒了，整個人在粗糙的人行道上狼狽的摔了一跤。幹！怎麼連想要發洩時都會跌倒啊，我真是倒楣透頂！

無視於手肘傳來的疼痛，我猛搥眼前的水泥地面洩憤。

周圍的路人都以怪異的眼神打量我，卻沒人敢上前來關心我發生了什麼事。反正不管去到哪裡，我都只是別人眼中的怪物！又是怪物又是棋子的，我的人生真的好可悲！

當我漸漸冷靜下來時，突然想起自己初來A市報到的那個晚上，在計程車上做了一個奇怪的夢。

兒子，記住我的話，千萬別殺人，別讓自己的雙手染上別人的鮮血，就讓體內的惡魔永遠沉睡下去……永遠……

記住自己的名字，永遠以元澍的身分活下去，直到最後、直到回歸塵土，你永遠是我兒子元澍，一定要記住這個身分……

我想起來了，當時爸一說完這些話，身體開始化為碎片飛向血紅色的月亮，並於消失前浮現出一對惡魔的翅膀……

以前未曾經歷過這些事，我一時搞不懂他話中的含意。如果那個黑影確定是我爸，那麼他可能真的已經死去了，我可沒聽過活人會託夢啊！至於那些叮嚀……總之他要我以普通人類的身分活下去，對吧？

這麼說來，幕後黑手也許另有其人。若阿關不是我爸，那阿關到底是誰？魔女又是誰？說不定……他們也是聽命於別人，而那個人一定比他們更強。

說到比他們更強的人，我腦子裡馬上冒出了顧宇憂面無表情的臉龐。

我微微一怔，「是他嗎……」

老實說，以魔女那心狠手辣、勢必要把所有絆腳石一一剷除的作風，那天她大可以直接把連番壞她「好事」的顧宇憂幹掉，但她沒有。

……顧宇憂和維爾森是阻止她成就大事的最大障礙，但他們卻能安然無恙的活到現在。

——你父親是被顧宇憂殺死的。

那天魔女說過的話，也在我心裡一閃而逝……這句話就像一塊巨石，在我心底掀起了驚濤駭浪！沒錯！當時我一下子無法接受太多勁爆的消息，才會一時忘了魔女的這句話。那時候，顧宇憂也承認了這指責不是嗎？！

針對這一連串的凶殺案，他都是一副不冷不熱、泰然自若的態度，那是因為一切都在他的掌控之中吧？說不定之前與魔女或阿闕的對峙，只是演戲給我看，把我耍得團團轉。再說，這個人曾經消除與篡改過我的記憶！

……明明就殺了我爸，卻把殺人的罪名硬加在我爸頭上，不能原諒！

「大哥哥！你為什麼在這裡睡覺？」可愛的童音，突然從我頭頂傳來。

「對啊，你這樣子會感冒喔。」另一個孩子也跟著附和。

有些狼狽的抬起頭，我發現前面站了兩個長得好可愛的小朋友，正居高臨下的看著我。一男一女，年齡大概還不到十歲。

咦？他們不怕我嗎？未回過神來，他們已一左一右的挽住我手臂，想要扶我起身。不想被孩子笑話，我連忙七手八腳的爬起身。站直身體後，他們還體貼的替我拍去身上的汙漬。

「啊，大哥哥的手流血了！」女孩指著我手臂誇張的嚷嚷。

她逗趣的表情有效驅走我那悲憤填膺的情緒，我帶著微笑回應她：「小意思，沒關係啦。」

‧九‧盟友或敵人？‧

「不行！媽媽說如果受傷了沒有塗藥，會被細菌感染的！」她從口袋裡掏出小手帕，小心謹慎的綁住我受傷的手肘。

「大哥哥，你為什麼會跌倒？」這回換小男孩發問了。

奇怪，怎麼感覺這兩個孩子長得有點眼熟呢？

「誰都會跌倒的啦，笨蛋！」女孩拍了男孩的頭一下。

「可是大哥哥那天很厲害喔，一腳就踢走那個大壞蛋，救了我們和姊姊！」男孩一臉崇拜的看著我。

欸？我在他們面前踢飛過大壞蛋嗎……嚇！我想起來了，他們是盧小佑的弟妹！

「呃，那個……現在幾點了？你們怎麼還不回家？」由於擔心他們遇到壞人，我一臉嚴肅的質問。

「我們才不怕呢，如果有壞人的話，大哥哥一定會救我們！」男孩天真的說。

「就是就是，大哥哥的功夫很厲害，一定會像上次那樣保護我們的！」女孩跟著附和。

面對他們的稱讚，我有些慚愧的低下頭。如果我真的很強，盧小佑就不會死，這兩個孩子也不會失去姊姊。

「你們的父母呢？」我有些逃避似的轉移話題。

「在前面的巷口買東西喔。」女孩指了指前方不遠處的巷口，然後嘟了嘟嘴，「我們很無聊，才會跑來這裡玩。」

「時候不早了，小孩子別到處亂跑，趕快回去爸媽身邊吧。」

「大哥哥，你也別亂跑，要乖乖回家去啦。」男孩笑著學我說話。

小女孩點了點頭，接下去說：「還有呀，以後跌倒了要自己爬起來啦，別在地上邊哭邊滾的，羞羞喔，也會被人笑的啦。」說完，她還做了一個「羞羞臉」的可愛動作。

什麼世界呀！我居然被小鬼頭說教。

「就是就是，姊姊跟我們說過一句話，叫什麼跌倒什麼爬的啦……」

「《自己跌倒自己爬》，是一首兒歌啦。」女孩又拍拍男孩的頭，兩人的感情看起來很不錯。

盧小佑嗎？腦海倏地閃過她帶著溫柔笑容向弟妹說道理的模樣。那句話說得真好，跌倒了就自己爬起來，沒什麼大不了。

一想起那個靦腆內向的女生，我的內心開始平靜下來。

「啊，爸媽在叫我們了！我們要回去了！」

「大哥哥也要趕快回家喔！」

兩個小傢伙說完，用力向我揮揮手，跑向前方巷口處的父母身邊。

看著他們一家人幸福的笑臉時，我咬著下唇，暗自做了一個決定：不能再眼睜睜看著那些魔人破壞這份美好的幸福。

我決定要找出魔女，把事情弄清楚！如果事情真的跟我想的一樣，那麼我在毫無選擇的餘地下，只能……

沒錯，我就只剩下唯一的籌碼，那就是與體內的惡魔立下血誓，然後打敗顧宇憂、魔女與阿闕，為那些逝去的生命討回公道……

旋過身，我正打算回去麵館找人時，又被一道聲音喊住了。有些不耐煩的轉過身，阿風不懷好意的笑臉立刻出現在我面前。

怪了，怎會在這種地方遇到阿風？

「有事嗎？」我有些意外的看著他，單刀直入的問。

拜託我現在可沒空陪你玩。

「告訴你一件事吧。」嘴角漾著冷笑，他這麼說。

這人的表情看起來不太像被魔女操控，但我也不敢掉以輕心。

「有話快說。」我急著想要找出魔女的下落，忙死了。

「還真爽快呀。」環抱著胸，他笑吟吟的看著我，「沒想到那個發起簽名運動，要你停學的人……居然是顧學長呢。沒想到連學長都站在我們這一邊，元澍，你已經沒有盟友了。」

原來真的是貓男！我激動得不能自已。要我停學，又急著要搬家，這人到底有什麼陰謀？我猜對了吧，這人表面上說要幫我、保護我，實際上卻在背後偷偷進行不為人知的小動作、暗地裡策劃些見不得光的事！

「你的話已經傳達給我了，你可以走了。」心情鬱悶的我不想跟這傢伙聊下去，轉身就走。

「元澍，雖然你已經被停學，不過阿勇和阿成的死，我還是要向你討回公道！」他追了上來，不打算放我離開。

你到底有完沒完呀？

「你打算怎樣個討法？」停下腳步，我有些煩躁的問他。

「明晚七點一個人到XX海邊，門牌7474的別墅，如果你敢來，我會考慮原諒你。」

叫我一個人去海邊幹嘛？想圍毆我嗎？正打算一口拒絕時，他唸出的地址卻令我大感驚訝。那別墅，不就是我媽的舊居嗎？！

「你怎會知道那地方？」我幾乎是立刻拽著他的衣領追問。

「來了不就知道囉。」他故作神祕的笑笑。

怎會約在那種地方？太奇怪了！但眼前的阿風完全不像被魔女控制的樣子。這麼說來，這一趟我非去不可，只有到了那邊，才能解開謎團。

「去，我當然去！」等我跟體內的惡魔立了血誓，就能把那些傷害我家人、朋友，甚至只有一面之緣的陌生人的幕後黑手一網打盡！

阿風沒想到我居然一口答應了，有些錯愕的看著我。

「你放心，我不會爽約的。」冷冷一笑，我這麼說，「如果沒有其他事，我要先回去了。」

「哼，到時候你別當縮頭烏龜喔！」阿風說完也酷酷的朝著反方向離開。

「你才是縮頭烏龜！」我暗咕。

轉過身，正打算繼續走回麵館時，眼神卻在毫無預警下對上一隻紅色眼眸！

「顧宇憂！」嚇死我了！

「鬧完彆扭了？走吧，回去了。」毫無情緒的丟下這些話，他轉身就走。

我驚魂未定的猛拍胸口定驚，真是嚇死人了，這人走路完全沒聲音，簡直跟貓一樣！不過在他旋身的那一刻，我看見他嘴角微微勾起，他在笑嗎？

他那笑容代表什麼意思？勝利的笑嗎？氣死我了！

好想立刻衝上前去掐死他，但我告誡自己不能衝動，更不能打草驚蛇，等弄清楚事情真相再來收拾他也不遲！

顧宇憂，你等著吧，如果這一切都是你搞的鬼，我一定要你為自己的所作所為付出代價！

※ … ※ … ※ … ※

夕陽西下的傍晚，騎著已被我冷落好長一段時間的小綿羊，我走在前往我媽別墅的路上，帶點寒意的涼風颩得我皮膚發疼。都怪自己剛才走得太匆忙，忘了追加一件外套，此時快入秋的氣候有點涼，在這種情況下超速狂飆，我冷得瑟瑟發抖。

沒辦法，我就快要遲到了，誰知道遲到赴約會有什麼後果呀？剛才在市區迷路了快要半個小時，我才發現可以打開手機的衛星導航系統找路，真是笨得可以。

在成功辨認出正確方向後，我馬上催油門狂飆。

好不容易找到媽的別墅時，這裡無論外觀或內部都是一片漆黑、大門深鎖，我不禁懷疑自己被耍了。

在冷得快要結冰的手心呼了幾口熱氣，我有些鬼祟的把小綿羊藏在一個比較隱祕的地方後，躡手躡腳來到別墅正對面的造景植物後方躲著，不時探出頭偷窺別墅的情況。

騎了這麼久的車來到這裡，要是就這樣空手而歸，怎麼想都覺得很不甘心。

咦？對了，我記得附近的人說這別墅是鬼屋……阿風該不會無聊到約我來這裡玩試膽遊戲吧？都已經七點多了，該來的人反而沒看到，臨陣退縮的是阿風才對吧？

反正已經來了，索性去裡面看看媽住過的地方……

東張西望了好些時候，我決定在神不知鬼不覺下偷偷潛入別墅，沒想到才跨出一步，大路突然傳來了車子的引擎聲。

我馬上像個小偷般縮回身體，只伸出個小頭顱盯著車子的去向，打算等它走遠了才行動。令我大跌眼鏡的是，車子竟停在隔壁家的籬笆門前，而且是那輛我一眼就能認出來的銀色進口車！那、那不就是我家那個紅眸少年的座駕嗎？

果然，顧宇憂從容的打開車門下車，來到我媽別墅的籬笆門前。我目瞪口呆的看著他手裡捧著一本笨重的紅色書本，那是……我爸的日記！

從口袋裡掏出一串鑰匙，他直接打開上面的門鎖進入別墅的院子裡。我完全驚訝得說不出話來……那個幕後黑手，果然是貓男嗎？他昨天故意帶我來這裡，要我以為我媽下落不明，到底是什麼意思？

我不禁懷疑這別墅是顧宇憂的而不是我媽的，我又沒親眼看過爸和媽的離婚協議書，即使他說我媽在協議書上的住址是在國外，我也信以為真！

現在到底是怎樣啊？約我來這裡的人是阿風，顧宇憂來湊什麼熱鬧呀？我有點搞不懂眼前的狀況了。

瞥見已被打開的籬笆門時，我當下決定什麼都別想，也許我想要探尋的答案，就藏在別墅裡頭。只要跨前一步，就能離真相更近一些了。

一潛入院子裡，我沒心情去欣賞周圍的景物，只想馬上跟蹤顧宇憂進入屋裡，但奇怪的是，那傢伙居然不見了。

「他的速度真快！」咕噥之際，我發現別墅的大門半掩，他一定是已經進去了……不過，這人為何不順手把門關上呢？感覺上好像在替我引路……怎麼可能啦，一定是我想太多了！

來到了伸手不見五指的別墅裡，我一抬頭，馬上就看見一座比車子還要大的吊燈，但沒有開燈。門口的正對面是座很寬的階梯，直通樓上左右兩旁的走廊。階梯兩旁、樓上走廊兩邊的牆上燃著白色蠟燭，看起來有點詭異。喂，屋主是沒錢繳電費是吧？

憑著那些勉強能照亮這個偌大空間的微弱燭光，我發現這裡的擺設有點像以前英國貴族住的地方，跟爸喜好的中國風有很大落差，而且這裡比爸的洋房豪華奢侈多了。

我抬起腳，避開那些家具走向鋪著紅地毯的階梯，小心翼翼的來到了樓上。又長又寬的走廊兩旁全是房間，各個房間的門板全是白色的。在我低頭思考那傢伙到底會走向哪邊時，樓下大門

・九・盟友或敵人？・

突然被人「砰」一聲關上，害我心臟差點從嘴裡跳出來。

「阿風！是不是你？叫我來這裡不是真的想跟我玩躲貓貓吧？」我對著空氣喊話。

身後突然颳起一陣風，正想回頭時，我後腦勺倏地爆出了一陣劇痛，身體差點就滾下樓梯。幸好我及時握住護欄穩住身體。

我被襲擊了！是顧宇憂幹的好事嗎？

又有道黑影從我旁邊一閃而過，高舉的雙手握著一支類似鐵棒的武器直襲我握住護欄的手，然後再補上一腳，我整個人就真的滾下樓梯了，靠！

「乒乓乒乓」的滾了幾圈，我再次伸手捉住了護欄。

幹這種三歲孩子打架伎倆的人，一定不會是顧宇憂！

聽見樓梯傳來有人跑下樓的紊亂腳步聲時，我兩手一使力，整個人直接越過護欄來到了一樓大廳，但摔得不輕的我感覺左腳傳來一陣刺痛，挨了一擊的後腦也痛得可以，在落地後幾乎是整個人跌坐在地上，狼狽死了！

摸了摸疼痛不已的後腦，手心頓時被紅色液體染紅了。嘖，出手真重！那些攻擊我的傢伙到底是誰啊？而且好像不止一人呢。

他們好像一早就埋伏於黑暗中，手裡握著武器，待大門一被關上就馬上攻擊我。幸好他們的力道不足以對我造成威脅，否則剛才吃了那麼一棍，早就昏死過去，而且手臂也被打斷了。因此我判斷他們應該不是魔人，不過除了魔人之外，我似乎沒槓上其他人啊……呃，不知道阿風算不算呢？

紊亂的腳步聲並未因此停下來，由於搞不清楚對方到底是誰，而且左腳好像也摔得不輕，我立刻爬起身一拐一拐的往樓梯後方跑去，看看有什麼地方可以躲。

討厭，幹架王打架打到像隻縮頭烏龜般躲起來，這還是頭一糟！

捂著傷口持續跑著，我隱約感覺這裡是個迷宮般的走廊，但牆上沒有蠟燭，黑漆漆的什麼也看不見。心急之下，我不停的撞到東西，雖然一直摸到門把、感覺走廊的兩邊都有房間，但卻無法將房門打開，好像這些房門全都被鎖住了！

好不容易摸到一扇沒上鎖的房門，我立刻拉開門板並躲了進去，再上鎖。外面傳來了急促的腳步聲，我聽見有人在低聲細語。

「喂，跑去哪裡了？」

「八成是躲起來了吧？」

「要是被他逃走了多可惜，剛才從那麼高的地方摔下來，我看他只剩下半條命了！」這是阿風的聲音。

「就是啊，要是再補上幾棍，就能送他去死了。」

「沒錯，這樣我們就能替伍邵凱、阿勇和阿成報仇了！」

「不如我們踢開所有房門把他揪出來吧。」

除了阿風之外，我無法認出其他人是誰，更不清楚外面到底有多少人想置我於死地。

「喂！不能隨便弄壞人家的房子啦，我跟那人有過協議，不能隨便破壞這裡的東西啦。」阿風急忙大喊。

「什麼鬼協議啊？」

「就那個說要幫我的人啊。他說只要能把元澍引來這裡，這傢伙就任憑我們處置，還說只要指明是這間別墅，元澍就一定會赴約。但前提是不能破壞這裡的東西啦，這裡的東西看起來都很貴，即使把我賣去牛郎店都不夠賠！」阿風有些心急的解釋。

是有人要阿風把我引來這裡的？更沒想到的是，阿風和那些人竟想要殺了我替伍邵凱等人報仇……我懂了，這是顧宇憂昨天突然帶我來這裡的原因吧？要我誤以為這是我媽的別墅。念在我媽的分上，無論如何我一定會來赴約的。

阿風口中那個幫他的人，就是顧宇憂沒錯吧？很好，他的狐狸尾巴已經露出來了！把我引來這裡，又想逼我殺死阿風他們，然後成為魔人是吧？

哼，你們的招數還真是一成不變呀！但是很抱歉，我不會如你們所願的。為了與你們對抗，我已決定要跟體內的惡魔立下血誓了！

阿風和那幾個傢伙真傻，竟被魔人利用了，全被騙來這裡當我的獵物。不行，得先把他們趕走才行，否則當魔人出現後，他們就不可能活著離開這裡了。

勉強站起身，我迅速拉開房門，突如其來的開門聲把外面那幾個傢伙嚇得臉都綠了。

「是元澍！」

阿風最先回過神來，手上的鐵條立刻劈向我。有些狼狽的避開那一擊，我整個身體撞向旁邊的櫃子，痛死了！這些無知的大笨蛋！

「住手！你們以為殺了我，就能活著離開這裡嗎？你們被人利用了！不想死的話現在馬上離開！」跌坐在牆角，我心情欠佳的大吼。

「哼，你當我們是笨蛋嗎？今晚這裡只有一個人會死，那就是你！」阿風舉起手上的鐵棒指著我。

「對啊！別以為我們會相信你的謊言！」

「就是，你只是想找藉口脫身而已！」

「趕快去死吧！」站在阿風身後的三個男生也舉起手上的木棍或鐵棒襲向我。

「笨蛋！你們不覺得那個幫你們的人很莫名其妙嗎？為什麼要無條件的借出這個地方讓你們殺人……」我氣得怒喊，但他們完全不把我的話聽進去，木棍與鐵棒開始用力的往我身上招呼。

「住、住手！」身體痛得快要麻痺了，再這樣下去的話，我有可能被圍毆致死，無法親手宰了那個殺死我父親與朋友的傢伙！

「給我去死！」阿風突然朝我臉部揮了一棒，不偏不倚打在我的眉心上，稍微一偏，說不定我將永遠失去一隻眼睛！

好狠，你們是決心要置我於死地是吧？

一陣劇痛傳來，眉心馬上破了一個口子，鮮血也跟著「嘩啦嘩啦」的流出，沿著鼻梁流向下巴，再滴在我衣領上。

很痛，但我已經感覺不到疼痛了。

舔了舔帶點溫熱的鮮血，我嘴角的弧度開始往上揚，鮮甜的味道，就像柳丁汁一樣鮮美誘人……不曉得阿風等人身上的鮮血，是什麼味道呢？

「呵……」我失笑了，踉踉蹌蹌的扶著牆壁站起身，「惡魔，我再次召喚你，我要你毫無保留的把力量借給我，這四個人的靈魂和軀體隨便你想怎樣處置都行。」

「主人，你要立血誓嗎?那些人，將能任由你痛宰。」

惡魔陰沉的聲音開始侵佔我的理智，腦子裡全被殷紅的鮮血填得滿滿的。

好想把眼前的空間染成血紅色……我聞著那誘人的血腥味，開始覺得不太滿足了。

「惡魔，你確定立了血誓以後，我就能成為這世界上的大魔人，可輕易痛宰那些礙眼的魔人嗎?」抹去那些模糊我視線的鮮血，我開始邁開腳步逼近阿風等人。

「這、這……元澍怎麼了?他看起來好可怕……」

他們大概被我臉上嗜血與陰森的笑容震懾住了，身體不由自主的往後倒退，只差沒立刻奪門而出。聽見我跟空氣說話時，他們更是害怕得面面相覷。

「主人，我的力量足以讓你在一秒內把他們撕成碎片。」

「撕成碎片嗎?哼，那就證明給我看，若是立了血誓可就不能反悔了，我可不想把自己賣給一個窩囊的惡魔！」我低吼。

「主人，將如你所願……」

下一秒，我開始享受身體被那些熟悉的力量佔據的感覺，彷彿已習慣了這種體內細胞被能量填滿得不留一絲空隙的樣子。

受傷的後腦與眉心開始被新長出來的皮膚組織覆蓋著，而且受傷的腿也漸漸被矯正了。身上那些瘀傷和皮開肉綻的撕裂傷，也慢慢的被修復了。

「妖、妖怪……」阿風等人嚇得連連後退，轉眼間身體已貼上了大門的門板。

「魔人……難道你就是傳說中的魔人？」

「猜對了，不過要想逃走的話，已經太遲了。」眼裡的殺氣早已啟動，我憎恨著每一個想要利用我或奪走我性命的傢伙，所以我要成為全世界的大魔人，把那些只會欺負我的人全踩在腳下，再一一殲滅。

「放我們出去……」其中兩名男生兩腿發軟，害怕得直接跪倒於地。

「我要把你們的身體一個接一個的撕裂……」早已失去理智的我只想讓整個空間瀰漫著清甜的血腥味，「誰叫你們跟我作對，跟我的敵人一起聯手對付我……跟我元澍作對，你們很早就應該做好下地獄的醒覺！」

以可怕的速度衝向他們，我第一個選擇向阿風下手，直接拽著他的頭髮往樓上一拋。他馬上在同伴的尖叫聲下「升空」，眼看就要撞向護欄，再滾下樓梯。

「這叫以其人之道，還治其人之身！」

誰叫他剛才害我差點直接從二樓滾下來！我冷笑著拋下這些話，又想朝向另外兩人出手。

殊不知，有個黑影急速從黑暗中冒出並衝向阿風，拉住他衣領後把他帶回同伴身旁，再憑空弄出強大的疾風，想要把我颳上二樓。

死命的攀住樓梯的護欄，我勉強睜開眼睛瞪著他。

「顧宇憂！」終於捨得出現了嗎？

「嘖，想拿人類來血祭嗎？元澍，我說過不會讓你變成魔人的。」說話時，他手指突然朝向那幾個早已嚇得幾近昏死過去的人類一指，他們馬上倒在地上不動了。

竟把我的獵物弄死了嗎？哼，早就知道他不是好人！

「哼！殺了你我也一樣可以成為魔人！我要替我老爸報仇！」

有了體內惡魔的力量，我才不怕你！沒錯，現在彷彿沒有任何事情可以難倒我。

「已經猜到了嗎？」他不以為意的聳肩，同時，纏繞在我身上的疾風已漸漸退去。

這傢伙的態度真教人火冒三丈！這麼說來，他已經承認自己是殺死我爸的兇手了？

惱怒的躍起身，我衝向顧宇憂，使出渾身解數急攻他的要害，但每一招都被他輕鬆的避開，而且面不改色的迎戰。

周旋了幾十回合，顧宇憂一個掌風橫掃過來，我應聲滾下了階梯。幹！看來老天爺今晚非要我滾下樓不可！

「死惡魔！你不是說自己很厲害嗎？我說過了，我不要跟窩囊惡魔立血誓！」我拿體內的惡魔來出氣。

乘勝追擊的顧宇憂衝到我前面來，但他還來不及出招，我感覺眼前有道銀光一閃而過。再次把目光投在顧宇憂身上時，赫然發現他胸口上已多了一道血痕。而我旁邊，突然出現一個洋娃娃般的少女。

她手中握著一把看似非常鋒利的匕首，刀尖上沾了血，透著寒冷的光芒。我認得這把匕首，戴欣怡學姊也曾用它來跟我戰鬥，說是以鑽石與純銀打造的寶刀。

「元澍！快殺了他呀，你不是要親手宰了顧宇憂替你父親報仇嗎？」她把匕首塞進我手裡。

欸？她不是顧宇憂的人嗎？為何反過來幫我了？

但我根本沒時間問個明白，因為那刀傷似乎沒為顧宇憂帶來太大的傷害，他又動作輕盈的躍起身，向我攻來。

握緊匕首，我刀刀直逼他的要害，但他的防禦能力太強了，我完全無法找到任何破綻。對打了好些時候，我又氣又急，我居然不是他的對手，那還提什麼報仇啊？

「元澍！」

當我差點要從顧宇憂前面抽身時，魔女忽然握住我拿著匕首的手，目光寒冷的笑著說：「我來幫你吧。」

她的表情和話語一點也不協調！我還沒回過神來，手上的匕首已刺入顧宇憂的胸膛。魔女退開一步，我發現刀尖悉數沒入了顧宇憂的心臟部位，不死也會重傷吧？而我的右手，還握著那把刀子的握柄！

露出了嗜血的笑意，魔女抬腳在握柄上用力踢了一腳，那股勁道除了讓匕首插得更深入一些，還把已身受重傷的顧宇憂踢得飛了出去，撞倒了一個放滿裝飾品的櫥櫃。

咦？成功了？

「妳以為那一刀殺得了我嗎？」顧宇憂懶懶的聲音隨著他緩緩爬起身的動作而響了起來。

「被我的銀刀刺中心臟的魔人，你以為自己還活得了嗎？」魔女以清脆的聲音說完這些話，開始抬腳走向顧宇憂，說：「你這個礙眼的東西，屢次破壞我們的計畫，能讓你活到現在，已經便宜你了！原以為今晚能順利讓元澍殺了那幾個男生成為魔人，沒想到你卻一再出現阻止我們的計畫！我已經受夠了你，不想再跟你糾纏下去了！」

語畢，她縱身一躍，俐落的從顧宇憂身上拔出那把匕首，眼看就要抹向顧宇憂的脖子。

顧宇憂摀著胸口的刀傷冷笑一聲，飛快的躍上了二樓的走廊。

「想逃？」魔女惱怒的追向他。

「殺了我，可就得不到元漳的日記了。」

「日記？哼！別再給我賣關子了！快把日記交出來！說不定本小姐一個高興，會放過你這條狗命！」止住了去勢，她站在樓梯的護欄上方。

「你們為什麼要找元漳的日記？」

「這個不用你管！」魔女舉起手上的匕首，面露凶光。

現在到底是什麼狀況？感覺上好像有兩個勁敵在較量，而我只是在一旁陪襯罷了。難道……他們互相對立，只是想利用我達成各自的目標而已？

我有些混亂了，他們的目的到底是什麼？

「妳要的日記在這裡，如果告訴我原因，我就把日記交給你們。至於元澍，我必須帶走他。」說完，顧宇憂右手一攤，一本紅色封面的日記頓時出現在大家面前。

日記上纏著薄膜，即是我在顧宇憂房裡看到的那一本！

「元澍！快殺了顧宇憂！你不是希望能親手殺死你的殺父仇人嗎？也許你還不知道吧，連你媽也是被他殺死的！」魔女凌厲的目光轉向我。

連我媽也……我整個人激動不已，「為什麼要殺我父母？」

「哼，只有不成熟的孩子才會問這愚蠢的問題。」顧宇憂嗤之以鼻。

殺人父母還罵人家愚蠢，我真是受夠你了！總之，殺我父母者就得死，管你到底是想幫我還是害我！

「給我下地獄去！」我直接伸出爪子衝向顧宇憂，沒想到他不躲不閃，我整隻右手掌幾乎全沒入了他剛才的刀傷處，直接從他身背貫出。

「唔……」悶哼一聲，他完全沒有反抗或反擊我，只是微笑的看著我，紅色的瞳孔開始閃爍著紅色光芒，瞬間把我的整個意識吸了進去。

我驚呼一聲，正想別開頭時，卻已經來不及了！

我感覺整個人開始天旋地轉起來，被層層黑霧包圍住……

不知過了多久，當黑霧逐漸散去時，眼前的畫面卻是一個看起來頗像公園的地方，周圍有很多孩子與父母一起開心的散步、盪鞦韆或玩滑梯等。

咦？為什麼我突然被帶來這種地方？搞什麼呀！正想轉身離開，找路重返我媽的別墅時，赫然發現自己竟無法動彈！

我奮力掙扎，想要掙脫這種無形的箝制時，目光卻被一個獨自蹲在樹下的小男孩吸走了。

那個看起來只有四、五歲的男孩跟顧宇憂一樣，擁有一對血紅色的漂亮眼瞳。雙手托著下巴，他安靜的看著公園裡那些孩子一臉幸福的倚偎在父母懷裡。

「喂，自閉鬼，走開啦，這是我們的地盤！」

「就是，要自閉去別的地方啦。」眼前突然來了兩個約莫八、九歲的男孩，其中一人還拎著他衣領逼他站起身。

抬起頭，紅眸男孩面無表情的搖了搖頭，繼續盯著那些孩子的笑臉看得目不轉睛，似乎很羨慕那些孩子身邊有父母的陪伴。

其中一個孩子被紅眸男孩的態度惹火了，氣憤的打了他一拳，他身體立刻向著左邊倒下，卻倔強得連一聲痛都沒喊出口，也不像其他被欺負的孩子般號啕大哭著跑開。

爬起身，拍去手上的汙漬，他依舊蹲在相同的位置，完全無視那兩個孩子與被打痛的臉頰。

「喂！你耳聾嗎？！」

「又啞又聾的笨孩子！叫你走開沒聽到啊？」說完又踹了他一腳。

跌倒了，他再次爬起來，依舊蹲在那邊，臉上毫無情緒。那兩個男孩快要抓狂了，卻奈何不了他，只好悻悻然的拋下狠話後跑掉了。

過了約幾秒鐘，有個看起來約莫三十幾歲的男人來到男孩身旁，蹲在他旁邊拍了拍他的肩。

「孩子，你的臉受傷了。」伸出手，男人輕揉他臉上的瘀青。

男孩沒喊痛，只是睜著好看的眼睛一直看著那男人。

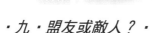

「你母親在得知你父親是魔人的後裔後，害怕你或你父親在哪天將變成魔人、威脅她性命，才會選擇離開你們，沒想到……後來他們兩個都死了。」

不曉得男孩有沒有聽懂魔人是什麼，他依舊愣愣的看著男人。

「我也是魔人的後裔，如果你願意，我可以領養你。我會把你當成親生兒子來疼愛，也會告訴你一切與魔人有關的事。作為交換，我希望你將來能幫我守護我唯一的兒子，在他遇到危險時請一定要保護他，即使賭上性命也在所不辭。你……願意嗎？」男人滿臉熱切的看著男孩。

歪著頭想了好久，男孩才輕輕點了點頭。

「好乖。我叫元漳，是個偵探，你叫什麼名字？」

「顧宇憂。」

清脆的童音，在我耳邊縈繞不去。

瞪著眼，我不敢置信的瞪著樹下的男人與男孩，他們居然是……

·第十章·

我的哥哥們

緩緩的睜開赤色的眼睛，他嘴角噙著邪惡的冷笑。
惡魔……是惡魔……

眼前的畫面開始崩塌。

眨眼間，我已經回到了媽的別墅裡，濃烈的血腥味令我整個人清醒過來。

「顧宇憂！」我立刻抽回自己的手，然後抱住他往後傾倒的身體。這傢伙看起來很瘦，但抱起來一點也不輕。我整個人也跟著跌坐在地上，但依然緊抱著他身體不放。

「我看到了！你是想要告訴我，你是爸收養的孩子對吧？他收養你的原因，是希望你將來能保護我嗎？顧宇憂，快跟我說清楚啊！」我氣急敗壞的想要證實某些事。

但回答我的，卻是不停從他口中與胸膛溢出的鮮血。接下來，他開始狂吐鮮血，然後激烈咳了幾聲，再緩緩閉上那隻好看的眼睛。

……他死了嗎？

「喂！顧宇憂！別閉上眼睛啊！」我急如熱鍋上的螞蟻，眼淚也情不自禁的狂湧而出。

正想跳起身質問魔女這到底是怎麼回事時，我手上的鮮血忽然像是有生命似的沒入了我的毛孔裡。接下來，我能感覺那些鮮血在我體內亂竄，彷彿在吞噬著我的每一寸神經與細胞，我頓時痛苦得倒地不起。

「那些血只是解開你身上的封印，痛苦一下子就過去了，然後你就能得到許多魔人都夢寐以求的強大力量了，呵呵呵……」帶著勝利的笑容，魔女大搖大擺的走近我。

這麼說來，我是真的把顧宇憂殺死了?!該死！

「快、快停下來!我才不要變成魔人！」

「你以為自己還能回頭嗎?」不知打從哪裡走出來的阿關，冷笑的看著我。

「你們到底是誰?為什麼要逼我成為魔人?」我聲音虛弱的質問。

「兒子，當然是希望可以跟你一起統領魔人的世界呀。」阿關走近我，拉開斗篷帽。

「誰是你兒子啊!」老爸一直想要保護我，他絕對不可能是殺人魔!阿關才不是我爸!

「我是柯莉，你的母親。」阿關突然扯去頭上的短髮，露出一頭披肩的直長髮，馬上從一個很帥氣的男生變成一個十分美麗的年輕女子。

妳是……我媽?我整個人愣住了，怒喊:「騙人!我媽怎可能這麼年輕!」

「兒子，只要成為魔人，我們就可以把容貌保存在年輕的時候，永遠都不會變老。」

阿關……不，我媽以動聽的女聲道出這些話。

難怪那天在密室時，我會覺得相片裡的美麗女子有點眼熟，原來她竟女扮男裝，以阿關的身分出現在我面前，冷著一雙眼睛注視著自己的兒子!

……太荒謬了吧?沒想到要我成為魔人的幕後黑手，居然是我媽!那麼那個魔女不就是……

「我是媽的養女文紹薇喔，親愛的弟弟，歡迎加入魔人世界呀。」魔女態度親切的靠近我，只差沒摸我的頭，「嘿，再告訴你一個好消息喔，那個伍邵凱其實是我扮的啦，他沒有死喔。哈哈哈，很意外吧？」

伍邵凱？！

我太過於驚訝了，簡直完全無法接受這個事實！沒想到媽和文紹薇都有女扮男裝的癖好，靠！也難怪伍邵凱那傢伙看起來比女生還漂亮，而且身高體重完全不像一個正常的男生……但她們處心積慮做這麼多事，到底想從我身上得到什麼？

「什麼叫統領魔人的世界？殺了這麼多人，妳們到底想幹什麼？！」

「好吧，別一副傻愣愣的樣子，讓我來告訴你吧！」文紹薇蹦蹦跳跳的在我面前蹲下。

在她滔滔不絕的解釋下，我才知道爸從爺爺那裡傳承了魔人之中最強的能力，即能控制世界上所有魔人、要他們聽命於他，等於是魔人之首，也就是大魔人的後裔。

該怎麼解釋大魔人的權威呢？呃，那身分就等於是大魔王吧。也就是說，我體內寄居的那隻正是惡魔之首，也就是魔王。這是為何我仍能在夢境裡「看見」那些被顧宇憂消除的記憶，因為我跟一般的魔人不一樣，我是魔人之首。

媽基於爸擁有這種特殊能力，才會嫁給他。野心龐大的媽想要利用爸來控制世上所有魔人，要他們全聽令於她，但爸認為世上根本不需要魔人和他，從沒想過召喚體內的魔王來成就她的野心，兩人因一言不合而鬧至離婚收場。

離婚後，爸擔心媽把目標轉向我，才會偷偷把我送去南部的孤兒院成長。多年來暗地裡跟爸交涉無果後，媽最終狠下心來殺死了爸。沒想到爸剛死沒多久，我的行蹤就曝露了。媽沒想到事情竟如此順利，因此她命令文紹薇假扮成男生接近我，並暗中殺死那些跟我有過接觸的人，甚至誘惑我殺人。

顧宇憂是爸的養子，也是一個實力相當強大的魔人，她們原本想留著他來任憑我控制與使喚，但他卻一次又一次的破壞她們的計畫，她們才會對他痛下殺手。

爸在日記裡記載了很多關於媽的事跡，因此她們母女倆才想把日記找出來毀了。

一切真相大白，但我卻錯手殺死了顧宇憂！我應該相信他的！雖然他很毒舌又目中無人，但他卻不曾真正傷害過我。再者，他還是爸領養的兒子，也就是我的……

「哥哥……」一邊抵擋著體內的劇痛，我輕聲喚著早已失去生命的顧宇憂。

沒想到我媽居然是這種人……不，我是不會承認這個心狠手辣的女人是我媽，她是與養女狼狽為奸的殺人魔柯莉！

「這本日記，留在這世上只會夜長夢多。」柯莉來到我跟前，蹲下身撿起掉在旁邊的日記，然後拋給了文紹薇。

文紹薇把右手心緊貼於日記上，然後一道銀光自她手心散發出來。當銀光消失之後，那層薄膜已經不見了。

「居然對日記施了魔咒，以為我沒辦法打開是吧？」她洋洋自得的笑了笑。沒想到才翻了兩頁，突然鐵青著臉用力將日記甩向地面，然後怒喊：「媽！我們上當了！這是假的日記！」

我和柯莉同時錯愕不已。

「假的？！」柯莉立刻奔到文紹薇面前，彎下身撿起來查看之後，老鷹般銳利的雙眼猛地瞪著我旁邊的顧宇憂，「竟敢拿假的日記來騙我！」

她氣得從身上抽出一把長劍撲向顧宇憂。

「妳想幹什麼！」我勉強爬起身護著顧宇憂。

「讓開！我要毀了他的身體才能消除我的心頭恨！」

「不！住手！他已經死了！」我寧死不屈。

這時候，別墅的大門突然「轟」一聲被人推開，然後無數刺耳的槍聲也跟著響起，把柯莉逼得連連後退。

「媽！快住手！元漳的日記在我手上！」

那個人喊柯莉什麼來著？媽？難道……那是柯莉的養子？不過，聲音聽起來怎麼這麼熟呀？

兩道身影迅速來到了我身旁，一看清楚來者為何人時，我差點就要尖叫出聲了，「鬼……」

「臭小子！我還沒死啦！」

頭頂被人轟了一拳，提醒我這一切不是夢，「嚴克奇！你真的還沒死！」忘了身上的疼痛，我驚喜交加的拉他手臂，想要證明他是人而不是鬼！

「是維爾森弄出來的血清救了我。他知道凶手一定會繼續拿重案組的警察開刀，先讓我們注射血清，只要阿關再次向我們出手，體內的血清便能馬上清除那些毒素。但為了避免被阿關發現，我只好委屈一點裝死了。」一看見我沒事，嚴克奇似乎也很高興。

先在體內注射血清？沒想到維爾森連這方法都想得出來，他真的超出了人類該有的智慧啊！不過……他們趕來救我，我真的很感激，但我們現在的敵人可是魔人啊！

「維爾森！你居然也跑來送死！」把視線轉向維爾森時，我發現他手裡捧著一本紅色日記。咦？難道剛才那些話是從他嘴裡吐出來的？他是柯莉的……

「喂，老弟，我還沒正式自我介紹咧，我叫文紹凱，維爾森是我去美國之後取的英文名，正確來說，我是你哥哥喔，也是顧宇憂和文紹薇的哥哥……啊，我們的關係真是複雜呀。」抓了抓頭，他尷尬的笑笑。

又來一個哥哥？！我目瞪口呆的看著他。

「紹凱？」柯莉與文紹薇也吃驚的看著他。

「元漳的日記為什麼會在你手上？」問的人是柯莉。

「哼，我也沒想到一直想要傷害元澍的居然會是妳們！日記的事，說起來也滿複雜的……」瞪了那對母女一眼，他轉向我說：「元澍，之前跟你說過我和顧宇憂是在孤兒院認識的對吧？那時候我和紹薇也是在孤兒院長大，不過我們後來被柯莉領養了。」

「十五歲那年，柯莉開始逼我殺人和成為魔人時，我想要逃，她卻把我關起來毒打，逼我就範，後來好不容易逃了出來，我跑去向元漳求助。他說可以出錢資助我去美國留學，以逃離柯莉的箝制，而且他交給我一本日記，要我代為保管。在出發前往美國前，他千交代萬交代，千萬不能讓別人知道日記的事，免得惹來殺身之禍，所以這件事連阿宇也不知道。」

交代了日記的事，維爾森又把視線移向自己的母親身上，「媽……不，柯莉，我可以把日記交給妳，但條件是妳必須放過元澍和阿宇。」說到這，他面帶痛苦的別過頭，「這一次要不是阿宇拜託我回來跟他一起調查這件事和保護元澍，我想，我會一直待在美國永遠不回來吧。」

我記得第一次見到維爾森時，他笑說自己是離家出走的，原來這件事是千真萬確的！而他離家的原因，是為了逃避那個一直逼他成為魔人的母親！

「哼，你認為我會放過曾經背叛過我的兒子嗎？」柯莉寒冷的目光直射維爾森。

「嘖，真沒想到你就是當初那個懦弱得逃走的哥哥呢，現在變得這麼帥，連我都認不出來了。」文紹薇不屑道。「不過，想要拿日記來交換元澍和顧宇憂嗎？哈哈哈哈……你們已經遲了一步，顧宇憂已經被元澍殺死了！然後元澍很快就會成為大魔人，助我媽統領全天下的魔人！」

瞠著眼，嚴克奇和維爾森同時看向我身後的顧宇憂，又看向早已被劇痛折騰得冷汗淋漓的我，然後幾乎是異口同聲的驚呼——

「你殺死了顧宇憂！」

「你殺死了阿宇！」

「對不起……我以為他是殺死我爸的凶手……」我痛哭流涕。

「反正現在說什麼也沒用了！除了元澍，你們所有人都得死！」

沒想到柯莉為求達成目的，竟然連自己的養子也不放過。

「都給我去死吧！」文紹薇舉著匕首，與柯莉一起襲向維爾森和嚴克奇。

這下糟了！連嚴克奇和維爾森都要跟貓男一起陪葬了！可是以我現在的狀況，根本就無法戰鬥，更別說救人了……

就在此時，一道疾風突然自我們身後爆發出來，再化成無數透明的鎖鏈直擊柯莉和文紹薇，把她們手腳牢牢的捆綁住了。而我身上的劇痛也瞬間消失無蹤。

疾風……我曾經在夢裡見過顧宇憂將疾風化為繩子！難道……

我猛然回頭，只見顧宇憂的身體像是失去重量般緩緩飄浮於空中，他身後出現了一對若隱若現的黑色翅膀、額上多了一對角，身體周圍環繞著一股強勁的旋風。

他胸膛的創傷消失了，連血跡都沒留下！

緩緩的睜開赤色的眼睛，他嘴角噙著邪惡的冷笑。

惡魔……是惡魔……

「你還沒死？！」

「明明就還沒死，幹嘛裝死啊？」

柯莉和文紹薇同時驚叫，文紹薇更是不敢置信的補上一句：「不、不對，剛才你的心臟明明被銀刀刺中了，而且還被元澍的手貫穿，怎麼可能還活得成？」

周圍的疾風吹開了顧宇憂覆蓋著右邊額頭的瀏海，露出一對彷彿在滴血的血紅色眼瞳，而且右額上還有一個隱隱透著紅光，上面寫著我看不懂的文字的……印章？！

沒錯，那印章跟我夢裡見到的一模一樣！那印章到底代表著什麼？

其他人見狀也跟著一驚。

「阿宇，你復活了！你、你居然瞞著我……」維爾森竟一副快要哭出來的模樣。

顧宇憂究竟怎麼了？復活？貓男復活的話，維爾森應該感到非常高興才對啊？

「你、你跟體內惡魔立了血誓！」柯莉不敢置信的大喊，「為什麼？就為了那個沒有血緣關係的元漳？值得嗎？」

什、什麼？血誓？那印章……就是血誓的證明嗎？血誓……就是顧宇憂已經把自己的靈魂和軀體賣給體內惡魔的意思嗎？我膽戰心驚的瞪著那個向來給人感覺冷漠、疏遠的貓男……為什麼？為什麼他會走到這一步？

「元先生對我有恩，他從孤兒院領養了我、把我養大，沒想到他卻突然遭人冷血殺害了。為了找出凶手與保護他留下來的唯一兒子，憑我這副普通人的軀體是不可能辦到的。我不得不打破之前與元先生訂下的永不成為魔人的承諾，轉而跟體內的惡魔立下了血誓。」他銳利的目光直直的瞪著那對母女。

沒想到顧宇憂為了我和我爸，不惜獻上自己的靈魂和軀體！我整個人驚訝得說不出話來。

顧宇憂身體周圍縈繞著濃煙般的黑暗氣息，看起來倒真的很像傳說中的惡魔。況且額上那抹一直發光的印章，詭異得教人不敢直視。

只不過，這個惡魔未免長得太美型了！

「沒想到非要我死一次才肯透露真相。」笑了笑，惡魔……呃，顧宇憂露出了一貫的慵懶笑容看著魔女，「文紹薇，其實我們很早就知道伍邵凱是魔女假扮的，但魔女和阿關的真實身分對我們來說仍是個謎，我們才會設計這個陷阱來引蛇出洞。」

「騙人！你是怎麼知道的？有誰會猜到伍邵凱的真實身分是個女生啊？」文紹薇滿腹狐疑，怯怯的看著他。

「我記得元澍告訴過我，很多學長把伍邵凱，也就是女扮男裝的妳誤認為女生或向妳告白。然而被人誤認時，妳會大發雷霆的揍人，實際上妳只是想以憤怒來掩飾心虛吧？但這不足以證明伍邵凱就是妳冒充的，這件事，我們是在誤打誤撞下發現的。話說那晚伍邵凱被殺死時不但臉上戴著面具，而且頭顱被妳帶走了。因此，我們必須從伍邵凱留下來的野狼機車和安全帽，以及他送給元澍的彈弓上採集指紋，以進一步確認死的人就是伍邵凱。」

「沒想到比對的結果卻令我們大吃一驚。屍體的指紋與伍邵凱的完全不符合，死的人只是個替死鬼。伍邵凱為何要假死，這當中不是很有問題嗎？接下來，我們發現無論是安全帽、野狼還是彈弓，右手的指紋跟盧小佑失去的右手完全吻合。為進一步鑑定妳的身分，在妳逼元澍殺死阿風的那天，我們從現場留下來的武器上採集到了妳完整的指紋，經過鑑定，跟伍邵凱的指紋完全吻合。」

「哼，原來那天你想要取得我的指紋，才會假裝被捅傷？」聽完顧宇憂的話，文紹薇氣得咬牙切齒，有種被擺了一道的感覺。

「既然那天追問不出妳們的真實身分，以及非要元澍成為魔人不可的目的，我也只好耐心的跟妳們耗下去。那天妳對我表現出的敵意過於明顯了，而且口口聲聲把殺死元先生的罪名加在我身上，因此我開始猜測妳們大概想要同時消滅我。但以妳們的作風，直接殺掉我反而有點可惜，因此我猜測妳們有可能會利用我來刺激元澍，借用元澍的手來殺我，因此我開始製造種種『我就是幕後黑手』的疑點，包括故意提早搬家，讓元澍發現我藏在抽屜裡的假日記。」

文紹薇驚訝得說不出話來，我也不例外，沒想到他們一早就查出魔女冒充伍邵凱的事實。

「那天逼元澍殺死阿風未成功，妳們轉而奪走元先生的遺體，也是想為自己留下後路，要我們懷疑到元先生身上，試圖擾亂我們的調查，然後再進行妳們下一個計畫。但我說過了，很早以前我就已經懷疑元先生是被人殺害的，因此下葬前已在他遺體埋下了追蹤器。為什麼會突然找到這間洋房來，其實那是因為元先生的遺體就被藏在地下室的一個冰櫃裡。沒想到，這做法反而曝露了妳們的窩巢。」

顧宇憂的話就像是一枚炸彈，令那對母女錯愕不已。

「哼，原來昨天早上潛入地下室偷走元漳遺體的人果然是你！就因為發現元漳的遺體不見了，我們再也等不下去，才會讓阿風把元澍引來這裡，想要儘快讓他變成魔人，沒想到這一次又是你！你居然裝死破壞我們的計畫！」文紹薇怒不可遏。

啥？昨天早上？不就是顧宇憂帶我來洋房的時候嗎？原來他真正的目的是要偷回我爸的遺體？……我想起來了！昨天他在餐廳找藉口折返別墅，就為了要幹這種危險的事！

我就覺得奇怪，從餐廳離開登上車子時，我發現車子有點沉，又寒意逼人，原來他把爸的遺體放在後車廂是吧？我的天……

「元澍已經懷疑我是幕後黑手，我猜想他一定會在這裡殺了我，然後妳們自以為勝券在握，就會把事實全盤托出。很完美的計畫，對吧？其實，我應該在更早以前就推測出妳的身分，因為伍邵凱這名字，讀起來跟文紹凱很接近，妳利用了義兄的名字來偽裝自己吧？」說這話時，他臉上慵懶的笑意中夾帶著少許的遺憾，彷彿在懊惱自己沒早日發現這線索。

見那對母女無話可說，他身後的羽翼忽地向外張開，一陣狂風馬上往我們臉上橫掃過來……沒錯，他真的就像老鷹那樣振動著翅膀，轉眼間已在我身旁降落。

「元澍，不告訴你這些，是因為你知道得越多，處境就越危險，說不定還會衝動得跑去找文紹薇報復……」

「……你是大笨蛋！」我又驚又喜的打斷他。顧宇憂居然不是壞人，他不是殺死我爸的凶手……討厭，我竟然感動得好想哭。我以為自己這輩子都要一個人過，只能黯然的對那些有親人的孩子露出羨慕的目光，沒想到……

「我怎麼會怪你？要怪也怪你為什麼不早點讓我知道你是我哥……」我咬著下脣逼自己吞回淚水。一方面為了保護我，一方面又要追查出幕後黑手的事，還得承受被我責罵和誤解……簡直就像是保護弟弟的哥哥……

沒錯，我有哥哥，我並不是一個人的……回想過去我們兩人相處的點滴時，我只想跳起身歡呼，卻也好想埋在被窩裡好好哭一場。

「阿宇，你太狡滑了啦，居然瞞著我和嚴克奇獨自冒這個險，簡直不把我們當朋友嘛。」維爾森不滿的癟嘴，眼神裡寫滿了悲憤，「再說，那個血誓你最好給我解釋清楚！」

「日記的事，你不也瞞著大家嗎？」他反問那個教授。

「那個我答應過元先生不能說啊！如果我能早點打開來偷看，發現裡面記載著柯莉的罪行，就能提前揭穿這對母女的詭計了。偏偏元先生說偷看他日記的人會被咬，我才忍了這麼多年啊。要不是命案現場頻頻出現一模一樣的日記簿，相信我下午也不會手賤的跑去翻看……結果發現那本日記根本就不會咬人！」

你是笨蛋喔？這世上哪有會咬人的日記本啊？笨蛋笨蛋！

事情終於水落石出了！多虧顧宇憂那顆精明的腦袋，以身犯險的引誘敵人墜入他設定的陷阱，才能提早結束這場與魔人的「戰鬥」。

收拾心情，正想跟顧宇憂道歉時，我心臟突然傳來一陣劇痛，像是被人緊捏著不放，快要不能呼吸了！這痛楚簡直比剛才的痛上至少十倍，痛得我倒在地上滾來滾去，連聲音都發不出來。

「竟不把我放在眼裡，三番四次的利用我……我要吞食你的靈魂，再取走你的軀體！」

我體內突然竄出一個黑霧般的黑影，在上空對著我張牙舞爪。

「不好了！一定是他體內的惡魔造反了！」維爾森立刻上前來扶起我。

「喂，把他消滅就行了啊！」嚴克奇舉起手槍瞄準黑影。

「不行，他體內的那隻是魔王，殺了他就等於殺了元澍，他已經控制住元澍的呼吸了！」顧宇憂已經恢復了人類的模樣，衝上前去阻止某警官開槍。

「魔、魔王？」維爾森和嚴克奇大惑不解。

「元澍是大魔人的後裔。」顧宇憂臉色難看的宣布。

「大魔人……」某教授目瞪口呆，「這麼說來，元澍是必死無疑了……他的靈魂會被那隻惡魔吃掉……」

這個該死的、造反的魔王！我體內氣管像是被人硬生生的切斷，完全無法吸取外面的空氣。

他打算以這種方式殺了我，再取走我靈魂和軀體嗎？

我知道自己一直在利用他，人家不也常說嗎？佛都有火。不過，我真的沒辦法制住他……就要這樣完蛋了嗎？拜託我體內的那隻可是魔王咧！

但我好不容易才釐清自己被魔人纏上的原因，很快就能回到正常的生活軌道，我不甘心就這樣死去啊！

——真正能救贖自己心靈的人，不是天使，也不會是惡魔或身邊的親人朋友，只有你自己而已，也就是你的意志力。

盧小佑的聲音，倏地在我腦海裡浮現。記得第一次跟她在公園聊天時，她跟我說過這麼一句話。緊接著，盧小佑的弟妹，那天真活潑的笑臉也彷彿出現在我面前。

——我們才不怕呢，如果有壞人的話，大哥哥一定會救我們！

——就是就是，大哥哥的功夫很厲害，一定會像上次那樣保護我們的。

不行，他們都在我意志消沉時拉我一把，我不能令他們失望，一定要突破這次的難關！盧小佑說得沒錯，能救得了自己的人，就只有本身的意志力！

我絕對不能變成魔人，更不允許惡魔支配或控制我！

抬頭瞪著眼前的魔王，我朝向他怒吼：「誰讓你擅自出來的？我管你是惡魔還是魔王，記住你自己的身分，你只是寄居於我體內、受我支配的生物，休想命令我！」

經我這麼一吼，惡魔的氣勢明顯變弱了。我好像能呼吸了，而且心臟也沒那麼痛了！帶著堅定不移、誓死要打敗他的決心，我狠狠的瞪他。

「給我聽著！我是你的寄宿主，我是主、你是僕，你必須聽令於我！」

眼前的黑煙像是受到驚嚇般，節節後退。

爬起身，我一步一步的逼近他，「我不需要你，給我滾回你應該待的地方，永遠給我安分的沉睡下去！」我的話就像是史上最毒的魔咒，把他逼得措手不及。接下來，黑煙開始四處竄逃，而且顏色越來越淡，直到完全消失不見。

所有人呆愣愣的看著我。呃，我連做夢也沒想到自己能輕而易舉的擺平這隻魔王，有些呆滯的看著已恢復平靜的周圍。

「真不愧是魔王的寄宿主，把魔王的氣勢全壓下去了！」維爾森與高采烈的揉我那頭早已被汗水浸溼的頭髮。

「維爾森，先把眼前的敵人解決再來聊天吧。」把目光轉向文紹薇，我決定要親手打敗她，誰叫她冒充伍邵凱欺騙了我的友情，把我耍得團團轉，再來就是三番四次逼我殺人，令我受盡折磨，同時失去了重要的親人與朋友。

我要延續打敗魔王的那股氣勢，拿下魔女，以消除這些日子所累積下來的悲傷與憤怒！

「怎麼？想要跟我打？別忘了那天你的手臂是被誰折斷的！雖然顧宇憂已跟惡魔立了血誓，但也無法一下子對付兩個實力超強的魔人吧？呵呵呵……」文紹薇和柯莉用力一扯，輕而易舉的脫離那些束縛住她們的透明鎖鏈。

實力超強的魔人是吧？

「我一定要親手解決妳！」開什麼玩笑，踏入A市以前，我這幹架王失手的記錄是零。感覺以前打架的「靈感」全回籠了，沒錯，只要我想要贏，就一定能贏，即便眼前的對手是魔人，我也一定要她在我面前狼狽的趴倒！

想當初，在得知魔人的存在之後，我就一直懼怕他們的力量，認為他們是普通人類無法戰勝的「魔物」，甚至懦弱得想要借用體內惡魔的力量來對付他們。

可是現在，我想要以人類的身分來戰勝他們，因為……我想要向爸看齊！爸能做到的事，我也一樣能辦到！沒錯，爸多年來不也打敗過許多魔人嗎？身為老爸的兒子，我絕對不能被區區一個女魔人看扁！

再說，我萬萬沒想到爸為了保護我，才會逼不得已把我送離A市這個危險地帶，好讓我在安全的環境下高枕無憂的長大成人。被迫跟骨肉分隔兩地，無法像其他父親一樣把兒子捧在手心裡呵護、看著兒子一點一滴的成長，他一定很遺憾，卻要百般忍耐……想到這，我淚水就不聽話的沿著眼角緩緩流下。

被柯莉殺死的那一刻，爸一定仍在記掛著我的安全，連死都死得不安寧……

笨蛋老爸，我已經長大了！至少我現在已經有能力保護你了啊，可是你卻已經不在了……我也好想保護你、替你擋去一切危險啊，但你卻完全不給我這個機會……

什麼統領魔人世界，這些什麼狗屁野心能當飯吃嗎？她們是殺死爸的凶手，我絕對不會原諒她們！

抹去不停溢出的淚水，我握緊拳頭，不等文紹薇繼續廢話，快速來到她身邊擒住她瘦小的身體，便往我身後摔去。她腳尖在牆壁上一點，逃過了撞牆的窘境，但不等她穩住身體，我縱身一躍準備一腳踢向她胸部。

孤兒院院長跟我說過，女生最怕胸部被人非禮。

「你！」她沒想到我會突然襲向她胸部，整個人頓時僵住了。

原來那個萬年大情聖的話是對的！一逮到機會，我立刻把那一腳踢向她美麗的鼻子——院長也說過，臉部是女生的致命傷啊！

「啊——你居然踢女生的臉！」挨了重重的一腳後，她巴不得找面鏡子出來瞧瞧自己是不是毀容了。

該死的，又被院長說中了！

完全不理會魔女的抗議，我飛躍至她身後，騰空在她背部踢了兩腳，在她身體呈大字形趴在地面上時，我膝蓋直落她腰際的脊椎，在場的人全都聽見了骨頭斷裂的清脆聲。

「你、你……」文紹薇沒想到我竟然直接壓斷她的脊椎，急得快要哭了。

嘖，到底也是個女生啊，被男生欺負時也會撒嬌、哭泣。盡管她有自癒的能力，但斷了脊椎骨可要很長的時間來修復，現在她連站起身都成問題，當然也就不能作惡了。

「別忘了妳自己跟我說過，對付敵人時要快、狠、準！」「伍邵凱」在夢裡曾經跟我說過這麼一句話。

「你……」她早已痛得冷汗直冒，頓時被我氣得說不出話來。

維爾森與嚴克奇也目瞪口呆的看著我。

「你居然跟你爸一樣，三兩招就把魔人打趴了！」嚴克奇還給我鼓掌呢！

「什麼打趴！不許用這麼粗俗的字眼！」文紹薇氣急敗壞的破口大罵。

「只要相信自己能辦到，就一定辦得到。」顧宇憂像個大哥哥般對我露出溫柔的笑。

欸，這人剛才是不是撞壞頭了？

「喂，小澍，你接下來可以光明正大的喊我們哥哥囉。」維爾森又在熊抱我了，額頭還在我肩上磨蹭。

我大驚失色的推開他的頭。差點忘了莫名其妙冒出來的哥哥不止一個，而是兩個！

「誰、誰要喊你們哥哥啦？」長這麼大了還喊什麼哥哥，彆扭死了！我有些窘迫的轉過身去。還有，那聲小澍喊得我渾身起雞皮疙瘩，拜託你跟平常一樣喊我全名就好了啊。

「不過剛才你喊的時候……我聽見了。」顧宇憂露出了壞壞的笑容這麼說。

「欸？那小子什麼時候喊的？喂，不公平啦！小澍，你也趕快喊我一聲哥啊！」維爾森猛搖我肩膀耍賴。

我整個人石化了，剛剛以為顧宇憂死翹翹時，我的確不小心喊了……

啊啊——居然被他聽到了！

「喂，你們能不能等一下再打情罵俏？那個柯莉就快要逃走了！」

在嚴克奇的提醒下，我們才發現柯莉打算棄下身受重傷的養女自行逃走。

哼，這女人實在不配當我們的母親！不，該說她一直以來只會利用自己的兒女來成就她的野心，包括了親生兒子。

室內突然颳起了疾風直襲向已經踏出大門口的柯莉身上。

「原來跟惡魔立血誓真好，不必自己動手。呃，我是不是要考慮……」

「想都別想！」聽見我咕噥的維爾森和顧宇憂，不約而同的對我怒目相視。我接下來的話，被他們硬生生的瞪回了肚裡。

※……※……※……※

‧十‧我的哥哥們‧

清晨時分，落葉紛飛的季節。

穿著風衣，脖子上纏著一條手織圍巾，我走在人煙稀少的街道上，感覺身體就快被低溫凍僵了。向著右邊拐了兩個彎，我禁不住喃喃自語：「大概是這邊了吧？」

放緩腳步，我眼睛開始不安分的東張西望，以搜尋躲在黑暗裡的異類。

半個小時過去了。我走到兩腿發軟，路邊的街燈一盞接一盞的滅掉，暗灰色的上空已漸漸被金黃色的光圈所取代，卻還沒有半個魔人上前來襲擊我！

「搶東西！救命啊！那個人搶走了我的錢！」前方突然傳來女人的尖叫聲。

出現了嗎？我體內颳起了興奮的暴風雨，立刻朝向聲音來處奮力跑去。不到五十公尺的距離外，有個神色慌張的黑影朝向我飛奔而至。

「給我停下來！」我立刻騰空躍起，用盡全力一腳踢向他臉頰，他整個人馬上摔在路邊，然後頭一歪，不動了。

身後有個婦女匆匆跑上前來，直接把手伸進那傢伙的口袋裡抽出一疊鈔票。

「年輕人，謝謝你救了我孩子的學費啊！這死傢伙每天不去工作，只會喝酒賭博，然後把我辛苦賺來的錢拿去花天酒地……」婦女說完，開始嗚嗚咽咽的哭了起來。

什麼啊，我還以為自己逮到了那個魔人。

昨天，偵探社接到了一個委託，指這條巷子有魔人出現並頻密的在清晨時分犯案，搶東西、非禮女生或傷人等樣樣都來，搞得這一帶人心惶惶。這一次，我不知費了多少口水，才說服顧宇憂把這項委託交給我處理，要是失敗的話，大概就沒下次了。

我正懊惱自己剛才露了一手，說不定已嚇跑那個魔人時，褲袋裡的手機突然唱起了顧宇憂的專屬鈴聲。

「你又迷路了……」電話那一頭傳來了無奈的嘆氣聲。

「欸？沒理由啊，我已經把路線記得很熟了！」我反駁。

「委託我已經處理好了，你站在那邊別動，我過去接你。」說完隨即掛斷電話。

喂！你的效率能不能別這麼高啊？

之前擔心我迷路迷出了A市，顧宇憂居然在我手機裡安裝了追蹤器。呿，感覺就像被人監視一樣，一點自由也沒有。

但維爾森卻笑著說，這可是出自於哥哥對弟弟的關心。

「我又不是三歲小孩……」我碎碎唸著轉過身時，顧宇憂挺拔的身體已經出現在我面前，害我心臟差點當機！

喂，你可不可以別濫用自己的能力啊？

「你下手太重了。」瞥了一眼躺在我身後不遠處的匪徒……呃，賭鬼兼酒鬼，以及在旁哭哭啼啼的婦女時，他馬上就明白發生了什麼事。

「我以為他是……」魔人嘛。在婦女面前，我硬是把後面那兩個字消音。

關於魔人的委託，是個不能公開的祕密，當然也不能光明正大的在普通人類面前提及。

面帶微笑的搖了搖頭，顧宇憂蹲下身來查看那傢伙的情況，邊叮嚀我打電話叫救護車。

最近，這傢伙的臉上開始有了笑容。

「有輕微腦震盪，你是直接踢他的頭部嗎？」

「呃……臉、臉部不算頭部吧？」拜託我以為自己在跟魔人戰鬥咧，出手一定要快、狠、準啊，就像當初制服文紹薇那樣。

說到文紹薇，那件事已經過了兩個多月了。

文紹薇與柯莉殺人無數，已被警方移送法辦，看樣子是死罪難逃吧？不過，顧宇憂已重新封印她們體內的惡魔，現在她們跟一般人類沒兩樣，再也不能作惡了。

我總算恢復了平靜的正常生活，過著忙碌的大學生涯。在顧宇憂與維爾森的幫助下，我也開始得到了同學們的友誼。雖然無法得到一些同學的諒解，例如阿風。反正來日方長，我相信只要自己肯付出努力，老天一定不會虧待我的。

對了，那天在柯莉的別墅裡，顧宇憂擔心阿風和另外三個男生慘遭阿關——柯莉的毒手，一方面也是為了要刺激我，才會把他們弄昏，而非殺死他們。不過那些關於魔人的記憶，全被顧宇憂消除了。

看著我支支吾吾的模樣，顧宇憂不再追問下去。討厭啦，被他看穿了。

目送救護車把傷者載走後，顧宇憂掏出手機打了通電話給我們的另一個同居人——維爾森。

「委託已經處理好了，一起出來吃個早餐再回去學校吧，老地方。」

「好！等我十分鐘！」電話那頭的傢伙應了一聲，馬上掛線。

我和顧宇憂一起上了車，前往我們平時最常光顧的那家早餐店等維爾森。

「偵探社的委託，以後你就跟在我身邊學習吧，首先要學習辨認對方是不是真的魔人才下手……」坐下後，顧宇憂開始對我訓話。

說話時，他臉上不時漾著溫柔的線條，不再像當初那樣冷冰冰的。我不清楚是什麼突然改變了他，好像在兩個月前把爸留給我的三幅畫交給我之後，他就彷彿變成了另一個人似的。

原來上次不見的那三幅畫，是被這傢伙撿走並藏了起來，因為那第三幅畫，居然是顧宇憂跟我爸背靠著背坐在一起聊天的溫馨畫面。爸把這畫留給我，是想要告訴我關於自己與顧宇憂的關係吧？

顧宇憂告訴我，為避免自己與我爸的關係曝光而壞了他的計畫，才會暫時替我保管。

哼，明明是硬被你搶走的好不好？

過了十分鐘，帶著自信笑容的維爾森推開店家的玻璃門走了進來，店裡其他人的目光馬上被他吸光了。

「小澍！早啊！見你身體沒傷沒洞的，一定是打贏了吧？」他直直的來到我身後，在眾目睽睽下送了我一個熊抱。

結果那些仰慕的目光頓時成了錯愕或鄙夷的白眼。

喂，你能不能別在大庭廣眾下亂來啊？

「放手啦！還有，別喊我小澍！」我不是小孩子了！

「吶，送自己弟弟一個愛的抱抱，有錯嗎？」他可憐兮兮的轉向顧宇憂訴苦，「喊你小澍是因為你是我弟啊，難道你想跟阿宇一樣，要我喊你阿澍？阿澍阿澍，聽起來沒小澍可愛啊……」

很早以前我就懷疑他有戀弟情結。原來他一早就知道我是他弟，所以才會對我做出那些親暱的舉止，害我誤以為他是男同志。

「又不見你抱顧宇憂？你也索性喊他小宇啦。」我擔心他又叫出一堆噁心巴啦的小名來，連忙轉移話題。

維爾森馬上送我一個栗暴，說：「都說要喊我們哥哥了，沒禮貌！」

「喂！」我氣結，我不是一生下來就註定要被你們欺負的！

「別鬧他了。」顧宇憂拉著他的外套要他坐下。

咦？這傢伙在替我解圍嗎？

「吶，小澍，今天你要坐我的車上學喔。」維爾森不情願的坐下，但手臂依然掛在我肩上。

「正好，我待會兒還有個委託要處理。」顧宇憂沒反對。

「委託？」我兩眼發亮。

「你給我乖乖去上課，只要沒跟上課時間衝突到的委託，你才能跟。」紅眸少年斬釘截鐵的打斷我。

還是跟以前一樣霸道嘛……我癟著嘴，拿起湯匙想要喝服務生剛剛端來的蘑菇湯時，湯碗卻突然被某人推走了。

「顧宇憂！」拜託別這麼幼稚行嗎？

「這湯一煮沸就端出來，會燙著，待會兒再喝。」說完，他塞了個甜麵包給我，然後若無其事的吃著自己的土司。

這傢伙就是這一點讓我無法生他的氣。

顧宇憂是個外冷內熱的人，也許是小時候經歷被家人拋棄與孩子們欺負的陰影，他一直無法完善的表達出內心的情感。不過，他偶爾還是會做出一些令人感動的小動作。

每當一想起他死後的靈魂將被惡魔吞噬，我心裡面就像是被上萬隻螞蟻同時啃噬般難受。為了爸和我，他的行為已超出了一個養子應當付出的犧牲，因此他的霸道和專制，我照單全收，但碎碎唸還是難免的啦。

「今天的三明治味道很不錯咧，你們一定要嚐嚐看！」維爾森分別塞了塊三明治到我們兩人嘴裡。

這傢伙平時說話是有點口無遮攔啦，而且在國外生活了將近十年的他性格既豪邁又開放，經常在大庭廣眾下做出很多驚人之舉，但言行舉止裡面都承載著對我的關懷與重視。

雖然我經常被他們氣得直跳腳，但感動溫馨的時刻也不是說沒有。就像那天為慶祝我考完試，他們竟不約而同的送了個彈弓給我，而且是直接到南部的孤兒院拜託院長弄來的，跟我當初被戴欣怡學姊弄壞的那個簡直是一模一樣的！

嚴格來說，我們三人都是沒有血緣關係的兄弟，卻因為父親的牽引，我們開始默認了這種奇怪的關係與羈絆。

雖然偶爾會覺得自己受到約束，可是一想起自己不再是一個人，而且能得到兩個沒有血緣關係的哥哥的關懷，失去的那少許自由又算得了什麼呢？

雖然不確定我們這種關係能持續到什麼時候，但此時此刻，我希望能繼續沉浸於這種和協與充滿歡笑的氣氛當中……

《Evil Soul ×少年魔人傳說03與魔女有約》完

《Evil Soul ×少年魔人傳說》全文完

・附錄・

維爾森：人前vs人後
法醫——人前
認真
嚴厲
法醫——人後
……宿便多的可以做一顆巧克力蛋糕……
淡定
狂吐
教授——人前
再寫情書給我，會被殺掉喔。
笑
教授——人後
阿宇♡
小澍♡
化身章魚（弟控）
抽過頭了
顧宇憂有刪除記憶的能力
你是怪物！
抽
當元澍發現自己有自癒能力
傷口自動癒合
我是怪物
抽
當死黨死了
我要殉情！
抽過頭!?
我餓餓，要喝奶奶。
嚇！

・後記・

嘿嘿，嚇著了吧？誤以為顧宇憂是壞人的請舉手！早就猜到顧宇憂與元澍關係的也請舉手！

沒錯，這一集大多傾向於比較溫馨的情節——兄弟情。顧宇憂就算了，沒想到元澍與維爾森的關係也「非比尋常」咧。

真不敢相信，不知不覺故事已經來到了尾聲，希望大家還滿意這個結局呢。

好捨不得啊~回想當初每天睜眼閉眼，腦子裡想的全都是書中人物與劇情，有時連做夢都會夢見元澍或顧宇憂，囧~可想而知，每天待在電腦前一字一句的拼湊出此故事，突如其來的抽離，感覺就像與親身骨肉分離般令人撕心裂肺……（呃，有這麼嚴重嗎？）

好啦，不捨的感覺當然有，畢竟自己花了很長時間與書中的角色們「相處」，感覺就像是好友知己般，跟朋友分開怎會沒感覺呢？（眾：貓貓果然是個怪咖）

如果您喜歡這故事、或認為貓貓有任何不足的地方與意見，歡迎踴躍到貓貓網上的家留言，貓貓一定會努力改進、做到更好！

最後，再一次謝謝各位書友支持貓貓的《Evil Soul ×少年魔人傳說》，接下來也請繼續支持貓貓的其他作品，貓貓一定會努力創作出能帶給大家歡笑、驚險刺激和充滿感動的文字！（鞠躬）

邪貓靈　二〇一三年七月

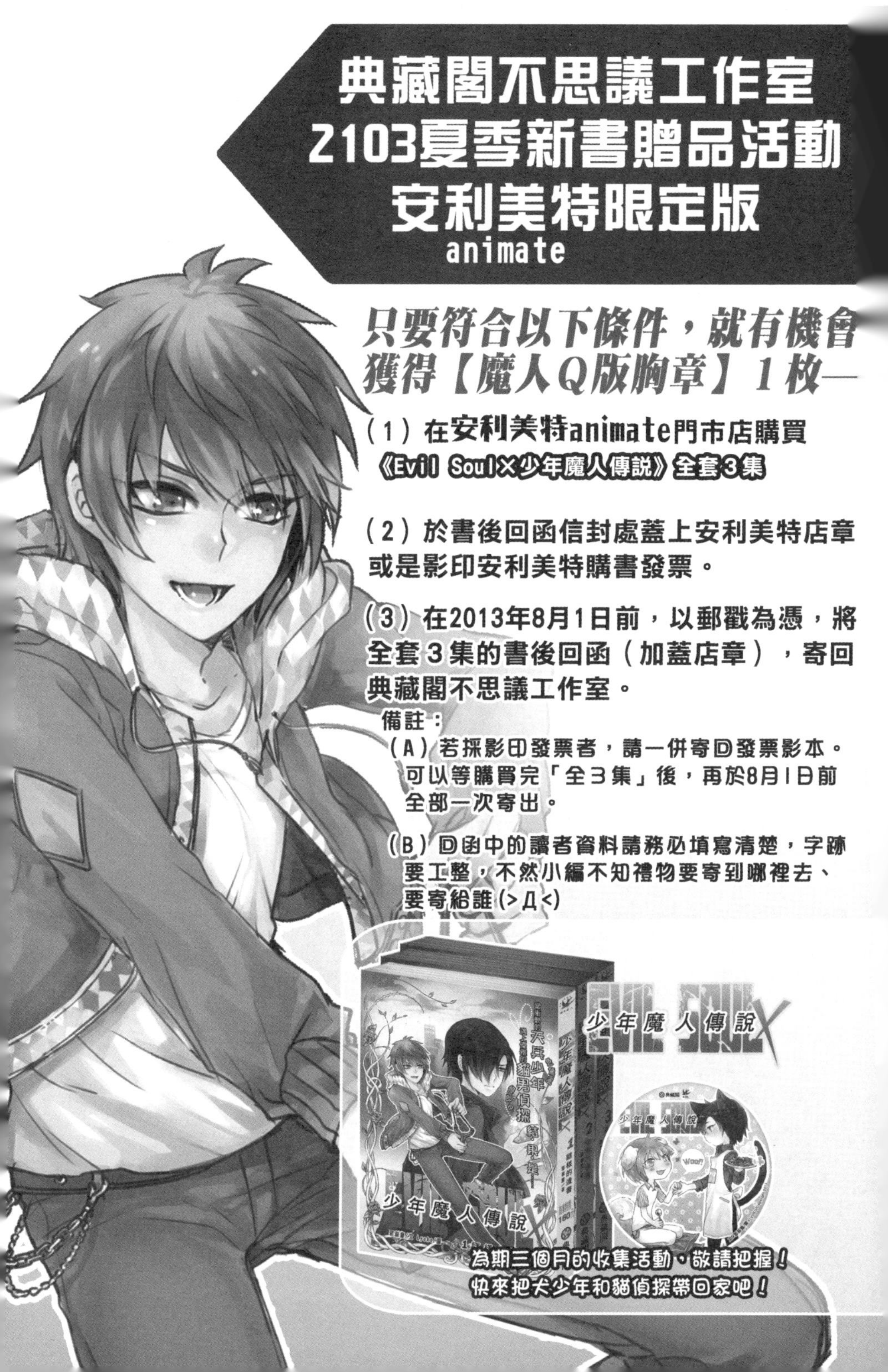
典藏閣不思議工作室
2103夏季新書贈品活動
安利美特限定版
animate
只要符合以下條件，就有機會
獲得【魔人Q版胸章】1枚—
（1）在安利美特animate門市店購買
《Evil Soul×少年魔人傳說》全套3集
（2）於書後回函信封處蓋上安利美特店章
或是影印安利美特購書發票。
（3）在2013年8月1日前，以郵戳為憑，將
全套3集的書後回函（加蓋店章），寄回
典藏閣不思議工作室。
備註：
（A）若採影印發票者，請一併寄回發票影本。
可以等購買完「全3集」後，再於8月1日前
全部一次寄出。
（B）回函中的讀者資料請務必填寫清楚，字跡
要工整，不然小編不知禮物要寄到哪裡去、
要寄給誰(>Д<)
少年魔人傳說
少年魔人傳說
為期三個月的收集活動，敬請把握！
快來把犬少年和貓偵探帶回家吧！

夏澤川 著
MO子 繪
少女騎士の薔薇殿下
8 7
妳、就是我的專屬騎士
為了尋找哥哥，夏憐歌進入薔薇帝國學院。
沒想到一個失足，
她竟成了「自戀狂儲君」彼方·蘭薩特的「專屬騎士」！
蘭薩特閣下專屬的騎士＝任憑差遣（到死為止）
雜草兄控少女 Plues 自戀無上儲君
——校園花樣青春即將閃耀「kira～☆」一聲展開！？
上金石堂網路書店購買，
加贈少女騎士Q版票夾！
數量有限 送完為止
華文聯合出版平台 www.book4u.com.tw
不思議工作室_
立即搜尋
典藏閣
采舍國際
www.silkbook.com
版權所有© Copyright 2013

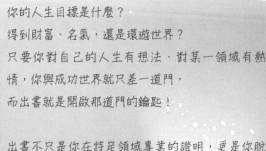

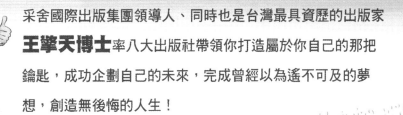

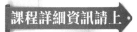

飛小說系列060

Evil Soul ×少年魔人傳說
03 與魔女有約 (完)

出版者 典藏閣
作者 邪貓靈　繪者 Lyoko
總編輯 歐綾纖
製作團隊 不思議工作室
郵撥帳號 50017206 采舍國際有限公司（郵撥購買，請另付一成郵資）
台灣出版中心 新北市中和區中山路2段366巷10號10樓
電話 (02) 2248-7896　傳真 (02) 2248-7758
物流中心 新北市中和區中山路2段366巷10號3樓
電話 (02) 8245-8786　傳真 (02) 8245-8718
ISBN 978-986-271-363-1
出版日期 2013年7月
全球華文國際市場總代理／采舍國際
地址 新北市中和區中山路2段366巷10號3樓
電話 (02) 8245-8786　傳真 (02) 8245-8718
新絲路網路書店
地址 新北市中和區中山路2段366巷10號10樓
網址 www.silkbook.com
電話 (02) 8245-9896
傳真 (02) 8245-8819

典藏閣不思議工作室2103初夏活動・安利美特animate限定版

只要符合以下條件，就有機會獲得【魔人Q角胸章】1枚——

1. 即日起至2013年8月1日止，在**安利美特animate門市店**購買
《Evil Soul×少年魔人傳說》全套3集。
2. 在書後回函信封處蓋上安利美特店章，或是影印安利美特購書發票。
3. 將全套3集的書後回函（加蓋店章）寄回；若採影印發票者，請一併寄回發票影
PS. 可以等購買完「全3集」後，再於8月1日前，全部一次寄出。

☞您在什麼地方購買本書？☜

☐便利商店＿＿＿＿＿ ☐安利美特 ☐其他網路書店＿＿＿＿＿

☐書店＿＿＿＿＿市／縣＿＿＿＿＿書店

姓名：＿＿＿＿＿ 地址：＿＿＿＿＿＿＿＿＿＿＿＿＿＿＿＿＿＿＿＿

聯絡電話：＿＿＿＿＿ 電子郵箱：＿＿＿＿＿＿＿＿＿＿＿＿＿＿＿＿

您的性別：☐男 ☐女 您的生日：＿＿＿＿＿年＿＿＿＿＿月＿＿＿＿＿日

（請務必填妥基本資料，以利贈品寄送）

您的職業：☐上班族 ☐學生 ☐服務業 ☐軍警公教 ☐資訊業 ☐娛樂相關產業
☐自由業 ☐其他＿＿＿＿＿＿

您的學歷：☐高中（含高中以下） ☐專科、大學 ☐研究所以上

☞購買前☜

您從何處得知本書：☐逛書店 ☐網路廣告（網站：＿＿＿＿＿＿＿） ☐親友介紹
（可複選） ☐出版書訊 ☐銷售人員推薦 ☐其他

本書吸引您的原因：☐書名很好 ☐封面精美 ☐書腰文字 ☐封底文字 ☐欣賞作家
（可複選） ☐喜歡畫家 ☐價格合理 ☐題材有趣 ☐廣告印象深刻
☐其他＿＿＿＿＿＿＿＿＿＿

☞購買後☜

您滿意的部份：☐書名 ☐封面 ☐故事內容 ☐版面編排 ☐價格 ☐贈品
（可複選） ☐其他

不滿意的部份：☐書名 ☐封面 ☐故事內容 ☐版面編排 ☐價格 ☐贈品
（可複選） ☐其他

您對本書以及典藏閣的建議＿＿＿＿＿＿＿＿＿＿＿＿＿＿＿＿＿＿＿＿＿＿＿＿＿＿

＿＿＿＿＿＿＿＿＿＿＿＿＿＿＿＿＿＿＿＿＿＿＿＿＿＿＿＿＿＿＿＿＿＿＿＿＿＿

＿＿＿＿＿＿＿＿＿＿＿＿＿＿＿＿＿＿＿＿＿＿＿＿＿＿＿＿＿＿＿＿＿＿＿＿＿＿

✌未來您是否願意收到相關書訊？☐是 ☐否

✎感謝您寶貴的意見✎

印刷品

$3.5
請貼
3.5元
郵票
不思議信箱
FUSIGI POST

235 新北市中和區中山路二段366巷10號10樓

華文網出版集團　收

（典藏閣－不思議工作室）

EVIL SOUL X 少年魔人傳說

邪貓靈/文 Lyoko/圖

3與魔女有約